U0024288

崔小萍
廣播劇選集

｜受難曲｜

一個沒有電視　沒有冰箱的時代
老百姓每天準時守在收音機旁　收聽廣播劇
這是人們一天最期待的時刻……

崔小萍（著）

序

無線電廣播可以無遠弗屆，是對內普及教育、傳佈政令，對外國際宣傳，及對敵心理作戰的良好工具。尤其電晶體代替了眞空管以後，收音機可以隨身携帶，不論居家、旅行、隨時、隨地、都可以收聽廣播節目。收聽廣播已成爲今天人類日常生活中不可缺少的一部份了。廣播節目，包括：新聞、評論、音樂、歌唱、戲劇……眞是多采多姿。在這許許多多的廣播節目中，感人最深，最富教育意義，而爲聽衆所最愛收聽的，當首推廣播劇。聽衆收聽廣播劇、祗聞其聲、不見其人，當然不如舞臺劇和電視劇的親切。但是由於劇情的緊湊，從劇中的對白，以及效果的配合中，能以引人入勝，使人有置身其間之感。加以廣播劇的費用省，傳佈廣、廣播劇的聽衆、遠較舞臺劇和電視劇爲大。

本公司的廣播劇在國內一直享有盛名。自四十一年五月以來，每週一劇，迄今共已播出廣播劇五百餘個。廣播劇節目的最大困難，就是劇本荒。因爲沒有良好的劇本，就可以使它的價値和作用大爲減低。廣播劇的演員不能過多，也不能過少。情節不能太複雜，也不能太簡單，時間不能太拖長，也不能太短促。教育意義不能太露骨，也不能太隱晦。以此廣播劇本的評價，在節目中一直是佔最高位的。

崔小萍女士是舞臺劇，電影、和廣播劇的三棲工作者，她擔任本公司廣播劇的導演已逾十二年，能編、能演、能導、可說是廣播劇的全能人才。她所編的廣播劇本曾出版了第一集，名曰「芳華虛度」，銷行頗廣。茲又將所編「婆媳風波」、「升官圖」、「母親的塑像」、「釵頭鳳」、「婉君」、「豐收」、「難受曲」等七個劇本付印，出版廣播劇選集，而以「受難曲」名其篇。以崔女士的劇藝才華，導演經驗，「受難曲」的內容，當較「芳華虛度」更爲充實，更爲精彩。本書的問世，對我國的文藝界、戲劇界、和廣播界，自然有它的影響力，讀者於閱讀以後，當能加以批判，無用序者代爲推介的。

中華民國五十三年雙十節梁寒操序於臺北中國廣播公司

序　言

中國廣播公司的「廣播劇」，是一個引人入勝的節目，在歷次節目比賽和聽衆意見調查中，它都是最優秀、最凸出的節目之一。

回溯既往，廣播劇在我國歷經三個階段：首先是以舞臺劇的劇本，在幾乎是原封不動的情形搬進發音室，祗能聽，不能看。後來，中廣公司銳意改進，使用成爲純用聲音表現，純用耳朵欣賞的東西，使它巧妙的發揮了廣播的長處，也避免了它的短處，以致聽衆在聽的時候忘了「看」。再到後來，也就是最近幾年，廣播劇從少數幾個演員中的「脚本」，逐漸變成一種文學的讀物，一如閱讀小說散文，從紙面上得到欣賞的滿足。所以，廣播劇本時常有人借閱或傳抄，並開始有廣播劇的集子出版。從廣播劇本身的歷史看，這是很重要的演進。

廣播劇愈演愈完善、愈獨立，是由於很多人貢獻了他的智慧和心血，就中崔小萍女士是不可磨滅的一員。崔女士導演中廣公司廣播劇有年，她本身又是一極好演員，她在戲劇方面有理論的修養，編撰劇本的技巧也十分嫻熟，是發展廣播劇的一位大功臣。

最近崔女士選了八個廣播劇本，輯爲專書出版，定名「受難曲」，這不但是她個人的成績展覽，也是廣播劇事業的一份重要資料。上述八劇，在廣播的當時，都曾引發廣大聽衆的悲歡之情，得到各方的稱許。如今結集出版，相信更可以發生下述作用：

（一）證明它不但是可聽的，也是可讀的，使讀者得到閱讀文學作品時的滿足。如果是讀者兼聽衆，不論是何者在先，都可以比較一下不同的感受。

（二）有志撰寫廣播劇劇本的人，這是很好的樣品，足資觀摩參考。

李荆蓀

中國廣播公司節目部

目錄

婆媳風波

婆媳風波

人物：

古老太太——
古寶亭——其子
古董淑儀——其媳
梁　新——淑儀表哥
麗　蓮——古宅使女
老　馬——古宅三輪車夫（山東人）
來富：（老狗及其子女）
來喜：（小貓）。

（木魚聲：忽重忽輕。）

（古老太太正在誦經，頃刻間忽停止。）

古：阿彌陀佛，呵！（好像很疲倦似的自言自語。）幾點鐘了？怎麼？快十二點了？今天早晨沒唸幾遍經嗎？怎麼快到吃飯的時間了？怪！哼，都是昨天晚上讓他們那些人給吵的覺沒睡好，過什麼週末？什麽人與的這種洋規矩？（好像是站起來走動）寶亭！寶亭！淑儀！淑儀！（沒人應）準是還沒起，沒見過這兩口子人，每逢到了一塊兒，就不管不顧的。來富！來富！喝！這一家子也不在？來喜呀！來喜！牠跑到那兒去了？麗蓮！這個鬼丫頭，看見主人家心腸好，也發懶，老馬！老馬！（靜寂的很，沒有回聲）今天是怎麽啦？一個都不在！難道都放假啦？麗蓮！（忽然變得聲音洋一點，改了個名字，）夢……露？

麗：（遠）我在這兒，我在院子裏澆花呢？

古：這個鬼丫頭叫她夢露她就聽見啦？本來叫麗蓮，偏喜歡叫夢露！麗蓮，你來，我問你話。

麗：…………

古：夢露，你來，我有話問你！

麗：來啦！（近）老太太，你起來啦！

古：還不起來？你看幾點啦！還能像你們太太和先生——能睡到現在還不起？

麗：你問先生和太太呀，他們倆早出去啦！

古：出去啦？又上那兒去啦！

麗：老太太，今天星期天，他們倆到教堂做禮拜去了。

古：家裏供着菩薩不拜，去做什麽禮拜，是不是太太拉先生去的？

麗：不是！兩個人說說笑笑的吃了早點就走了，還囑咐別吵醒你，讓你多睡會兒。

古：哼！讓我多睡會兒？免得給他們添麻煩是不？我就知道這又是淑儀的主意，我就是禮拜天能和寶亭聊聊，她偏想辦法支使寶亭跑出去！麗蓮！你看先生是不是有不高興出去的樣子？

麗：沒有，我聽見先生說：「淑儀呀！今兒天氣好，咱們先到植物園散散步，然後再到教堂去，」。

古：太太說什麼？

麗：太太就說：「好呵！然後叫老馬到教堂來接我們！」

古：哼！她倒眞會安排！寶亭就讓他給迷惑糊塗了！麗蓮！先生再沒說別的？

麗：呵，讓我想一想……好像是說了句：「回頭給媽帶隻烤鴨回來吃……」。

古：還是我的好兒子記得我愛吃烤鴨。

麗：太太就說：「算了吧！媽媽牙不太好，還是讓她老人家多吃點素食好。」到底買不買回來，我就不知道了！

古：麗蓮！你瞧瞧！你太太連隻烤鴨都捨不得買給我呀！唉！我在這個家還怎麼過得下去？

麗：老太太，你別多心，太太是好意，她怕你不好消化！

古：你也維護她？是她花錢顧你來的是不？

麗：呵呀！老太太！你怎麼生氣啦！我告訴你的都是實話，太太處處都爲你打算……

古：我知道，她處處算計我，自從她進了門，我的心就沒順遂過！瞧瞧！這個家還像樣嗎？過了一個週末，你看弄的這個髒，到處都是煙灰、桌子椅子都搬了家！麗蓮，你一早上都幹什麼啦，也不收拾收拾！

麗：老太太我一早晨的事可多啦！洗衣服、買菜、給來富來喜吃飯、掃院子、澆花，還沒輪到整理房子，你就叫我啦！

古：老太爺的那幾盆蝴蝶蘭拿到院子去晒太陽啦，小心別讓鷄給蠶啦！

麗：每天端進端出的，眞……

古：眞什麼？那是老太爺生前最喜愛的東西，讓你搬搬，累着你啦？

麗：（陪笑）我是說……

古：好啦！別說啦！反正你們一鼻孔出氣兒、誰拿錢誰就是主子！飯好沒有？

麗：好啦，就等太太先生囘來開飯啦！

古：哼，我得等他們囘來才能吃飯？

麗：老太太，你要是先吃……

古：今天什麼菜？

麗：有牛肉……

古：知道我不吃牛肉，偏買牛肉！

麗：太太說牛肉……

古：太太說吃牛肉營養，吃牛肉不長胖，吃牛肉身體好…你太太說的什麼都對，她就不曉得我不吃牛肉？

麗：太太叫我特別給你買的魚……

古：腥腥氣氣的，我不愛吃。

麗：那……

（電鈴）

儀：夢露……開門、我們回來啦！

亭：快呀、夢露、我們餓壞了！

麗：來啦！

（開門脚步，三輪車移動聲）

儀：老馬、快去把那些花先用水泡上、回頭我來揷，夢露！快擺飯，先生餓壞了！

麗：就等你們回來開飯啦！（低聲）太太、老太太不喜歡吃魚……

儀：糟糕、又買錯了！

亭：什麼買錯了。烤鴨不是豐澤樓的好嗎？你說，她老人家愛吃那家的……

儀：娘又生氣啦，等會說吧？娘，你起來啦！

亭：娘，你經唸過啦！

古：唉？失眠！倒不如早起來的好，你們興緻很好、聽麗蓮說、你們一早出去散步啦！

亭：是呀！在銀行裏忙得昏頭昏腦，只有星期天早上可以呼吸一點新鮮空氣！早晨在林木花草之間走走眞舒服！

儀：我也叫打字機上ABCD攪得眼花撩亂的，能够起個早鬆散鬆散眞好！娘！你下個星期和我們一塊去好嗎？

古：免了吧，你們吃牛肉的身體好，吃素的可沒那麼好精神兒！早晨起來，在院子裏看看你爸爸生前養的花草也够了。

亭：娘！你愛吃的烤鴨買來了！淑儀說……

古：讓淑儀吃吧，我牙不好，還是吃素的好……

亭：娘！淑儀說……

古：（不理寶亭）麗蓮：來富回來沒有？來喜呢？

麗：他們一家子串門子去了！來！來富、老太太叫你們啦！

（大狗小狗叫聲由遠而近）

儀：娘、我是說，你不吃牛肉、記得聽你說過、吃烤鴨、牙不得勁、所以，今天去選了隻最酥的……

古：難得你費心，我今天眞覺得牙不得勁兒……（對狗說話）來富呀！你們一家子也出去啦；就丟下我這個老太婆不管啦？白費了我心血養大了你呀，沒良心兒的！

亭：娘！我們是怕昨晚上，朋友們在這兒玩，吵了你的覺，沒敢叫醒你……

古：來富，跟我來：只有你們沒良心，我可還得照顧你呀！

儀：娘、吃飯啦、你還囘屋做什麼？

麗：（遠）老太太！來喜把你的魚偷吃了！打！鬼東西！

（小貓、咪、嗚着跑來，麗蓮追近聲）

古：麗蓮、你幹什麼這麼兇！你敢打它？（對貓說話）來喜，你這個沒出息的東西，沒給你飯吃？你去偷吃？

儀：來喜越來越壞，前兩天，牠把小黃鳥嚇得在籠子裏亂飛、都不生蛋啦，現在給你買的魚又偷吃了……來富也不聽話，四隻泥爪子亂跑，把地板都弄髒了……

古：是呀，來喜；你也欺侮我老了是不？偷吃我的東西！你沒想想小時候，我怎樣抱你，餵你，你現在大了，就不聽話了！（貓叫了一聲）還叫，還有臉叫！囘去！囘到我屋裏去！來富、你也不是好東西，你也走，都給我走！

亭：娘，和這些畜牲何必生這麼大氣呢？

古：畜牲！畜牲還知道維護我呢？你……

儀：娘：要是我說錯了話，做錯了事，你就罵我好啦，你千萬可別……

亭：娘，今天星期天，一家人難得聚餐……

馬：老太太！你來看這些花多好看，太太是為你買的！

古：我屋裏不擺花！

儀：老馬，把老太太屋裏那隻古瓶拿來，我來給老太太……

古：免了吧，沒人要的老古董、再好的花對牠也沒用！

麗：吃飯吧！太太，都擺好了。

亭儀：娘！吃飯吧，娘！

古：你倆吃吧，我牙痛回屋去躺躺。

亭：娘，你看這隻鴨子多肥……

古：來喜，還是我抱你回去！小沒良心的，下次再不爭氣，偷人家的東西，我就打你了！唉！小沒良心的喲……整天惹我生氣。

（古老太太漸說漸遠）

亭：唉，我又過一個星期天。

儀：下個星期天，我還是在 Office 裏加班來得痛快、像是週期性的煩惱每到星期天就蹩扭，散步也不對，做禮拜也不對，這不吃，那不吃，到底怎麼辦好呢？

亭：人年紀大了，就囉嗦，她是老人家嘮叨，少說一句不就結啦？你要爲我忍耐呀！

儀：唉、忍吧，爲了你，已經忍了一年多了……

——音樂——

麗：「一年多了，小貓小狗沒見她生過、只是爲了身材窈窕就不願生小孩呀！」我只聽見老太太這樣問先生……

儀：唉！這生小孩的事，我也不能做主呀、再說每天要出去辦公、要是拖上個孩子會有多麻煩……

麗：我看你不管怎樣都得想辦法給老太太生個孫子，要不然，老太太再多養一窩貓呀狗的，我光伺候牠們就夠忙的了，你這兒的工錢又少……

儀：唉！無後爲大，這也是做兒媳婦的缺點之一吧？你聽先生怎麼說呢？

麗：先生只是搖頭陪笑，後來笑得老太太生氣了，就說「好哇！你們團結在一齊來氣我，我白養你這個兒子！」

儀：後來呢？

麗：後來……嗯，讓我想想，噢，後來先生就說，「是兒子不孝，淑儀年青，還請娘別怪他。」

儀：眞是，不生孩子有什麼不孝的？生理不同嗎？寶亭這個人也怪。連這種事也順着他娘說，呵：（好像做嘔似的）這是怎麼啦？最近每吃點東西就做嘔。

麗：是不是胃病，老太太房裏有胃藥，我去拿點來。

儀：哎呀！千萬別去翻她老人家的東西，回頭她小心眼兒，說我去檢查她的財產，又得嘔氣。呵！夢露！這裏給你十塊錢，你自己隨便買點什麼用，以後，他們說什麼話、注意着告訴我、我做嘔的事，可別告訴先生！

麗：太太你常給我零錢，怎麼好意思？

儀：沒什麼，只要你能把這個家，幫我整理得好好的，省得讓老太太看着我生氣就好了！

麗：是呵！上個週末你們在客廳裏跳舞，客人們弄的到處是煙灰、老太太第二天早上就罵我懶丫頭不收拾了：老太太還說！……

儀：好了、別說了！

——音樂——

亭：好了，別說了！

儀：你瞧瞧，我每和你說家裏的事，你就是這付神氣：「別說了」你要斃死我嗎？

亭：說什麼呢，有什麼好說呢？她是我的親娘，你是我的好太太，你對我說她的不對，難道叫我去興師問罪？老人辛苦了一輩子，養育兒女不容易，老都老了，你就讓她多說幾句，你又委屈到那兒去呢？

儀：她老了，我可沒老了啊？她不能件件事都依她才認爲是對呵，我從小沒母親，和你結了婚，正喜歡有個老人可以照顧我，可沒想到她這麼討厭我！

亭：你說的多嚴重，娘怎麼會討厭你？假設你眞是她的女兒，難道你不聽她教訓？

儀：我又沒做錯事，爲什麼總聽她教訓？反正，我什麼都不順她的眼，一會兒衣服穿的不對啦！一會兒頭髮梳的不對啦！

亭：那是娘喜歡你才注意你應該穿戴些什麼，如果她不關心你，你看她說你才怪呢？

儀：反正，你的娘，什麼都是對的，只有你太太不對！

亭：淑儀！你怎麼說這種話？難道你不承認娘也是你的嗎？如果你愛我，你也應當愛娘！

儀：如果娘愛你，她也應當愛我。

亭：你怎麼最近變得不講理啦？你從前很聽我的勸，一切要忍讓，婆媳之間，本來是非多，本來就存着一種成見——婆婆認爲兒媳剝奪了她兒子對她的愛，兒媳婦呢？認爲做丈夫的應該爲她一個人的愛而存在，所以就常在些小事情上起爭執，如果不互相忍讓，這個家還能成個家嗎？婆媳之間每句話，每件事，都爭着要佔上風，那不成了仇敵了？那兒還會有親情？

儀：媳婦婆婆本來就隔一層，那兒有親情？

亭：兒子就是這一層中間的好媒介呀！中堅份子，也是頂好的聯絡官，婆媳之間，都應該絕對的相信他，你說對不？

儀：算了，中間沒有你還好點，每一次問題都發生在你身上，可是每當我說起，我和寶亭怎麼樣的時候，娘的臉馬上就掛下來了！好像她很不愛聽你和我的事情似的！

亭：那你以後就少在娘跟前談你和我的事好了……

儀：可有時候她又盤問我呀！比方說，她問我你陪我去那兒玩啦，又給我買什麼禮物啦，又……

亭：哎呀，太太，每天我下班之後，不是在你這兒上課，就是在娘那兒聽訓，你們叫我休息一會兒不好嗎？

儀：我才剛剛開始呢！正題還沒說到呢！你就不耐煩啦！

亭：太太，我不敢說不耐煩，我是說我累了！你想想，你在打字機上用手，我在銀行裏是用嘴呀！說的頭昏腦漲……

儀：難道我用手就不累呀，我這樣告訴你，還不是爲了這個家好，我是想辦法把這個結怎麼打開，你看你，一說就不耐煩聽（要哭）

亭：別哭！別哭！淑儀，你怎麼變成小孩啦？我懂你，我瞭解你，我盡量的勸娘，少干涉你的事好不？你也別任性，老人家總是老人家，爸爸去世了，她老人家也怪孤獨的，脾氣也變得古怪些，她有她自己的生活方式，習慣，我們做小輩兒的，還能侍奉她老人家幾年呢？爲什麼不讓他活着的時候多一點快活呢？

儀：你是標準孝子呵！可是我的罪不知受到什麼時候了。

亭：你受什麼罪？越說越不像話！

——音樂——

古：你受什麼罪？越說越不像話！

亭：（陪笑）呵：我是說，你和淑儀……

古：好呵！我來問你話，你是在受罪呵？你忘了我一泡尿一泡屎拉拔你長大受什麼罪啦？你長了翅膀，可以不要娘了是不？翅膀硬了，會飛了？可以不要娘管啦？是不？好呵！娶了媳婦忘了娘，這話一點都沒說錯！

亭：娘，您別生氣！我不是這個意思，您先別生氣，讓我慢慢的說好不！

古：你說什麼？還不是淑儀什麼都好？我眞想不到她會破壞我們母子之間的情感，怪不得她和你結婚決定的那麼倉促，原來她是想霸佔你……

亭：娘她完全為了你好，她想讓你舒服點、她也想讓我少點負擔，把這個家維持的像樣一點，所以她仍然出去做事，所以……

古：所以，你們就商量好了不生小孩，所以，你就咒我早死。

亭：呵，這那兒會，娘，你怎麼這麼說呢？我們是完全為了你好呵！

古：是呵，是你們串通好了計算我，曉得我沒幾年好活的，就假門假事來敷衍我是不？我看得出來，哄我，騙我，只等着我有一天死了……

亭：這是誰說的：

古：是麗蓮告訴我的！

亭：哎呀，這個馬麗蓮夢露，來回傳假話，攪得天下大亂，鷄犬不寧！我要開除她！

古：你別欺侮人家做用人的！你們不商量，她也不會聽見，（傷感）唉！反正我是活不了幾年了，有得你們快活呢！這是何苦呢？只是，我連孫子看不見就死了……

亭：娘別說這些喪氣話，您的身體還結實得很呢？趕明兒抱個孫子給你看看……

古：我可不要孤兒院抱來的，那還不如我來富來喜好呢，唉！有時候想想人活着也眞沒意思，唉！人老了，就盼着有人說說笑笑的，你們想想，你們去上班家裏就剩我一個人，除了和貓狗說說話，就是唸唸經，一天的日子眞長……

亭：娘，我知道，趕明兒以後，我下了班不去應酬，就回家來陪你……

古：得了，我也不是老怪物，老陪着我幹嗎？只要你心眼兒還記得有我這個老娘就好了……

——音樂——

蓮：（學老太太說話）「得了！我也不是老怪物，老陪我幹嗎？只要你心眼裏還有我這個老娘就好了？」

（自己笑起來）

馬：喂！喂！你怎麼啦？你瘋啦？我這兒跟你說話哪！

蓮：（仍像剛才）是呀！老馬！老娘在和你說話哪！（大笑）

馬：你個瘋丫頭，你賺我的便宜，別笑了，快收拾吧，一會客人就到了。

蓮：我有什麼收拾的？插花、佈置、厨房做菜，太太都弄妥當了，我只要聽她的吩咐禁止貓狗進屋就得了。

馬：咱們太太可眞能幹，裏裏外外都安排得有條有理的，眞虧了她，先生好福氣喲！

蓮：什麼好福氣？還不是兩邊受夾縫氣！你少在這兒誇獎太太，讓老太太聽見會氣死！

馬：你少背地裏傳幾句話，多爲太太美言兩句，這個家可以少生多少閑氣！

蓮：你胡說，老馬，每次我都向老太太說，太太怎麼好，老太太却越聽越生氣！

馬：算了，別硬充賢慧的啦，你的那一套我懂，兩邊製造事端，你從中取利，是老太太給的錢多：還是太太給的多？

蓮：這有什麼不得了，他們婆媳本來就不好，關我什麼事！

馬：好了，長舌婦，專門撥弄是非！

蓮：長舌婦？什麼意思？我不懂。

馬：長舌婦呵，就是女人舌頭很長，愛說壞話，把好的說成壞的，把壞的說成更壞，說東家長，道西家短，，好像專門靠舌頭吃飯似的……

蓮：我的舌頭一點也不長，我才不是長舌婦……

馬：我不信除非你讓我看看……我看看……

蓮：（尖叫）呵！死鬼，你壞死了……

（電鈴）

馬：小姐，小姐！好了，別鬧了，大概是客人來了，時間還早嗎？你去開門。

蓮：你罵了我，你去！你閑着幹嗎！

馬：剛才先生叫我……

（電鈴）

蓮：別鬼話，我要去厨房幫太太做菜……回頭見（跑去）

馬：鬼丫頭，別按了！來了！來了，誰？（開門）你找誰？

新：古先生在家嗎，我是來拜壽的。

馬：好，你請裏邊坐，太太有客人來了！

儀：（在厨房）是誰來啦？

馬：淑儀！是我來啦！

儀：誰？表哥！你什麼時候回國的，今天你來的眞巧——

新：今天是你的生日，我記得很淸楚，所以你沒記得請我，我卻記得來了！

儀：表哥，眞謝謝你記得我！老馬，快去請先生來，告訴他有個從美國來的遠客！

馬：是！

儀：表哥，你怎麼回國這麼快呀？我眞沒想到今天的生日你和我在一起，表哥！我眞高興你又來參加我的生日呀！可惜不能舉行 Party 了。

新：快嗎？你知道我是多難過呀！去美國以後，就接到你的喜帖，眞是出我意料之外……

儀：表哥！過去的事不談吧，你也知道我們倆若是結婚，是不會幸福的，你母親對我的成見很深……

新：你這一年多好嗎？寶亭眞幸福，你竟選中了他！

儀：怎麼？心裏還不舒服嗎？

新：淑儀！老實告訴我，你和寶亭幸福嗎？

儀：你應當看得出來，我很高興！你看，我的家庭不是佈置的很好嗎？

新：那不一定證明你內心也很好！他母親喜歡你嗎？有名的古怪老太太，比我母親還怪！

儀：噓，小聲點，娘在家，讓她聽見可不得了！

新：這麼害怕？

儀：不，我不願替寶亭增加麻煩！

新：淑儀，你這樣說，我要恨你對我負心了。

儀：表哥！你……

（老馬突然走入）

馬：太太：先生不在書房裏花園裏，也找了，都沒看見……老太太……

儀：呵，他上那兒去了？老太太在房裏做什麼？

馬：好像又有點不舒服，叫我準備車要出去——

儀：呵，好，你去吧，叫夢露送杯冰水來……

馬：是——（遠）

儀：（自語）哼，又不舒服！每當我最高興的時候，她總是想出點花樣煞風景……

新：花樣很多嗎：比我母親如何？

儀：呵，表哥！我不瞞你說，我和寶亭的情感是很好，就是跟他母親不管我如何討好她，她對我總是冷冷的，也許寶亭和我的閃電結婚，給她老人家一個惡劣印象……

新：當然，她心理上還沒準備，你就突然加到她和她兒子之間，當然感到彆扭啦，我想你要按原計劃，等我回來結婚情形就不同了！

儀：我看也好不到那兒去，還不是半斤八兩，我姑媽也不好惹。

新：淑儀，我做夢都不會想到你會和寶亭結婚！他那一點値得……

儀：表哥！寶亭現在是我丈夫，你說話應該尊重他。

新：何必拉臉？我如果不尊重他，今天我來，應該帶槍來，可是，我今天是客人，是來慶賀妳的生日哪！

儀：我以為你是選今兒這個日子找我算帳來呢？

新：你以為我會嗎？我還給妳買了一件小禮物，看看喜歡嗎？

儀：呀，項圈，好美！很貴吧！美國貨？

新：來，我替你戴上。

（夢露進來）

麗：太太！冰水！對不起，我只拿了一杯，我以為……

儀：以為什麼？嚇人一跳！

麗：我站了半天，聽你們老說不完，我怕打擾你……

儀：去吧！去吧！你也眞囉嗦，小心老太太的狗貓，別讓牠們到客廳裏來，地板擦得乾乾淨淨的——

麗：來富來喜是老太太的命，我怎麼敢？叫老太太知道了——

古：麗蓮，你又在這兒說我什麼？

麗：哎呀！老太太耳朵眞尖，她又聽見我說她了，（大聲）老太太！我不敢說妳什麼？我說你再抱個孫子就更有福了。

古：這福氣看誰給我了！

儀：離我遠點坐下，我婆婆來了。

新：坐近點，也不會有糾紛呵，我……

儀：娘！您還記得嗎？這是我表哥！

新：伯母，您不記得了？我是寶亭的同學！梁新。

古：呵！記得！一年前你不是去美國了嗎？

新：是，剛剛囘來，記得今兒是淑儀的生日、就趕來了！

古：呵，還是你們年青人記性好，又殷勤！淑儀，今天做什麼好菜款待遠客呀？人家是從美國趕囘來的呀！剛才老馬告訴我說，來了一個空軍軍官，很漂亮，我一猜就知道是你！淑儀老說起你呢！

新：伯母眞會說笑話，您一向很好吧？

古：唉！好什麼喲！人老了，吃不動，也做不動，惹人煩，自己也煩，寶亭這孩子又不聽話，幸虧你表妹待我好，還老想着我這個苦老婆子！

儀：娘，謝謝您誇獎我！今兒別出去了吧！一會兒朋友們來了，要我介紹我的好婆婆呢！

古：我還是出去的好，省得碍你們的事，我也沒有錢買禮物送你！

儀：一家人還送什麼禮呵！只要娘高高興興的，我和寶亭都感激不盡啦。

古：是啊！你丈夫去替你學磨禮物去了！半天不見人影兒了，梁新！你瞧人家夫妻多恩愛！

新：嘿嘿！哎哎！

儀：寶亭出去啦？我不知道呵！我也在找他呢！他去買禮物？

古：呵，他沒有告訴你？這倒怪啦！你們做什麼事不都是商量好的嗎？

（忽然狗大叫着跑進來麗蓮在後阻止着）

儀：啊，來富！出去！出去！地板又髒了！夢露！關照你不要叫它進來！

麗：牠看見老太太在這兒，就非進來不可！

儀：出去！討厭東西！門也不會看，就會亂闖，就會吃閒飯！

麗：出去呀！（狗大叫）出去！你就會闖禍，回頭又叫我重擦地板。

新：我來幫你們趕，出去！出去！牠還很固執呢？

古：（不能忍耐的）好啦，一隻狗進屋惹你們這麼討厭！又不是怪物！值得你們這麼害怕，來富！過來！你這個不識好歹的東西，誰叫你進來的？你的爪子乾淨，你賤毛病，非到客廳來不可！（一邊說一邊打，狗叫着）出去！你再到客廳裏來，看我不打死你，滾出去，討人厭哪！麗蓮，趕牠出去！（狗叫

聲，麗蓮遠去）

儀：娘，我怕客人一會來了，怪髒的，多不好意思。

新：伯母，我不知道是您的狗！

古：沒關係，沒關係！畜牲嗎！懂什麽！可是你們想想，打狗也得看主人家呀！

儀：娘，我沒想到……

古：算了，你想不到的太多了，老馬！預備車！呵！

儀：娘！您怎麽啦！那兒不舒服？

新：伯母！您……

古：我——心痛！老馬！車。

馬：老太太，您眞要出去！

（忽然寶亭從外喊着近來）

亭：淑儀！淑儀！快來看，我送你什麽生日禮物，（由遠而近）我學磨好久了！呵！娘，怎麽啦？淑儀！發生什麽事啦？

儀：表哥來看你了！

亭：呵！梁新，剛回國？眞巧，今天還趕上淑儀的……

古：呵喲！老馬！快扶我出去！

亭：娘，您怎麼啦？

古：我心痛！

亭：淑儀！是不是你又惹娘生氣了？我告訴過你，對老人家要尊敬。

儀：你先別教訓人，請你先問問娘為什麼出去？為什麼就不願給我過生日，我不是這家的人是不？她心裏就不願意我快樂，更不願意你叫我快樂，聽說你去買禮物給我，就不自在了！這是為什麼呢？

古：少說點吧！少奶奶！我是不自在，又不是七老八十，年青青的過生日幹麼這麼舖張？也不怕折壽？為什麼不省點錢，一會兒買東，一會兒買西，就是你自己賺的錢，我也要說你！你不聽，就得叫你丈夫管你！

儀：我自知守本份、沒浪費，我不願被什麼人管！就是婆婆不講理也不行！

亭：淑儀，！少說一句不行嗎？

儀：今天不行，為什麼不叫我說？我忍了一年多了，從我一結婚就用成見待我，我受不了。我今天索性問問娘，這是為什麼？

古：瞧瞧，這是做媳婦的樣子？好！我走！我不住在你們家裏，瞧我會不會餓死！

儀：還是讓我走，這個家本來是你和你兒子的，我是個外人！

亭：愈說愈不像話了！娘！你坐下歇歇！

新：淑儀！小不忍則亂大謀呀！少說一句不就結了！

亭：什麼大謀？是你們商量好來氣我娘的嗎？

古：呵！心痛呵！老馬！扶我上車，我走！

儀：（哭着）我走！我走！表哥幫我整理東西！

亭：我不準你走！

儀：你沒這個權利！

亭：我是你丈夫，就有權利不准你和梁新一塊走！

儀：噢，原來你嫉妒起表哥來了，呵！表哥，我眞後悔……

麗：太太！太太！你留心身體……

馬：老太太，都是一家人何必生這麼大氣呢？

古：人家可沒有把我當成一家人呵？

儀：娘，憑良心說，我這個做媳婦的那一點對不起您，您還要我怎麼樣呢？

古：你別和我理論，我心痛……

亭：淑儀，我禁止你再說話！娘是老人家——

新：表妹！少說一句，伯母身體又不好……

儀：好！好！你們都欺侮我，我走！（跑出去）

亭：淑儀！你上那兒去？哎喲？我的脚脖子扭了！哎……

馬：怎麼啦？先生！

亭：梁新，快去追淑儀！快去追呀！

新：追淑儀？好，是你讓我去追的！淑儀！（跑下）

古：老馬！送我走！這還像個家嗎？這還像個做媳婦的嗎？

亭：娘，你也眞是……她過生日就讓她高興點，不就結了，偏又節外生枝！

古：你說我節外生枝？你沒有看見你太太那個兇樣子！

亭：她還是孩子呀！娘！有時候不免發點小孩子的脾氣，娘……

古：别叫我娘，我知道，我在這個家裏碍你們的事，我走好了，老馬上車。

亭：娘！您不爲着她着想，您就不爲您兒子着想……

古：走了，我什麼也不敢想了，活了這麼大歲數：還叫兒子媳婦趕出去！（邊哭邊走）

亭：娘，哎喲，我的腿！娘！

麗：先生，你的腿要不要擦點紅藥水？

亭：什麼紅藥水，你也走，都走吧！（麗蓮大叫着跑走）唉！都走了，我眞要好好養養靜靜了！

——音樂——

亭：老馬！老馬！又上那兒去了？夢露！夢露！這丫頭也不在！唉！家裏沒有主婦，眞不像個家，一切失去了常規！唉！我這日子怎麼過？有了她們，叫我心煩，沒有了她們叫我更心煩！（煩火上升）老馬！馬麗蓮夢露你們都死啦！（電鈴聲）這是誰按電鈴？誰把大門關上了？曉得我不能走路，還關上大門，眞是混蛋！

新：（由遠而近）誰混蛋？你又和誰發脾氣？

亭：啊！梁新！我正愁着沒有辦法去開門呢？你怎麼進來的？

新：大門掩着，我以為是關着呢？所以就按了鈴……

亭：先不說大門的事吧！我讓你辦的事怎麼樣呢？眞愁壞了人！

新：別愁啦！我的遊說成績不錯，說得她們倆目瞪口呆！

亭：你說什麼？

新：我為你的腿大事宣傳，我說你的腿在那天摔斷了，這一個星期以來，病情惡化，如果她們倆再堅持不回家，恐怕就永遠見不到你了！如何？

亭：你這叫什麼話？這不叫娘和淑儀急壞了？眞是，你不會說得「緩和」一點嗎？

新：「緩和」？她們怎麼能投降？這叫欲達目的不擇手段呀！

亭：唉！娘有心臟病！這下子準糟糕！淑儀最近身體也不好！她們怎麼受得了？

新：誰叫她們折磨你？現在也讓她們嚐嚐這種滋味！

亭：你簡直在開玩笑！你還不如說我已經死了呢？

新：這話不能說的太早，否則她們二位一暈倒，我的麻煩就大了！

亭：哼！我看你是幸災樂禍！趁此機會報復我和淑儀結婚是不？

新：囉，你簡直豈有此理，我是聽你指揮去達成任務，你怎能誣賴我？「君子不奪人之美」，不然，我正好趁你留在家裏，沒辦法出去的時候，再向淑儀進攻呢？「弱點」很明顯，愛情堡壘很容易攻陷！我希望你不要以小人之心度君子之腹！否則，小心我拳頭不認你是老朋友！

亭：何必認眞？我不過是隨便說說——

新：你說起來隨便？可是你不能隨便侮辱我的人格！

亭：火氣小點好吧！這個家裏，有兩座火藥庫，火藥味已經够濃的了！

新：我倒眞希望有這麼個娘和太太呢？多幸福！

亭：呵！上帝！眞幸福!!唉！

（電鈴響）

亭：再幫幫忙去開門吧！也許我的幸福又回來了！

新：眞倒霉！回國來休假一個星期，倒替你服務了七天，現在又得做門房了！（說着走出去）（老馬笑着進來）

馬：先生！先生！好了！好了！

亭：老馬，什麼好了好了！你幹什麼去了？欺侮我不能走是不？

馬：先生，說好了，她答應回來了，眞可憐，眼淚汪汪的，這是何苦呢？早知有今日，何必當初？

亭：老馬，你嘮叨什麼？那個「她」要回來了？這個？還是那個？

馬：我說的是太太呀！今天我又到她住的朋友家去勸，我說你在家裏怎麼可憐，怎麼唉聲嘆氣，怎麼……

馬：你怎麼可以說我可憐？眞是——豈有此理！

新：不誇張形容，怎麼能激動她們的同情心呵！是嗎？老馬！

馬：是呵！我也是這樣想，要是太太爲先生着想，爲家着想，不論如何，她一定回來的——

亭：好了！別說了，請你替我倒杯水吧！你不在，夢露也不在，連杯水都喝不到口……

馬：呵！麗蓮還沒回來？我倒盼望，這次長舌婦的長舌能舌到成功！

亭：你說什麼？什麼舌到成功？

馬：舌？沒什麼？喝水吧！先生！

（電鈴）

新：老馬！請偏勞，讓我休息一下好嗎？請去開門！

馬：大概是太太回來了，看剛才那個急樣，恨不得馬上就能看到先生呢？（傻笑着去開門）一日不見如隔三秋呵！

新：想不到老馬也會一兩句新名詞呢？寶亭！你眞算得上天之驕子呵！有這麼多好人爲你奔波！

亭：唉！我盼望她們回來，我又恐懼她們回來——這屬於心理變態吧！這一個星期，沒有她們的照顧，我像住在冰窖裏，現在聽說她們要回來了，我又好像要進神經病院似的。

（麗蓮與老馬說着話進來）

麗：這次咱們倆倒比一比，看誰的本領大！

馬：但願你的長舌頭，這次能說些好話，勸回老太太，我絕不和你爭功！

麗：先生！老太太就回來！你等着吧！

亭：怎麼？你去看老太太了？她老人家身體還好吧！

麗：你放心！她老人家很好！，我去告訴她老人家，你現在病了，茶不思，飯不想，班也不去上，慘透了！老太太聽了直流眼淚，嘴裏還唸叨着：「寶亭！我的兒！苦了你了，我的兒！寶亭！」

新：（大笑）麗蓮！別學舌了！快去廚房弄點什麼吃吃吧！肚子在催飯了！

麗：梁先生！你笑什麼？又不是我造謠言！

馬：梁先生沒笑你，快去厨房弄飯吧！

麗：你神氣什麼？老馬！你別以爲這次我聽你的話，就永遠受你管了？

馬：小姐，你跟我瞪什麼眼！我是好心才管你！這個家的是非，還不是你幾方面傳話弄出來的……

麗：誰說的——

亭：（大叫）都別說了？我煩透了！

（電鈴又響）

寶新麗馬：呵？（稍停）是誰？回——來——了?!

（電鈴繼續）

亭：你們誰去開門呀！快！

麗馬新：我去！我去！（跑遠，聽大門開啓聲，來富，來喜叫着跑出去）

古：呵，來富！來喜！你們知道我回來了！都來迎接我來了？好乖！唔！乖呀！我的兒子呢？腿好了吧！

馬：老太太！您可回來了，先生正盼着呢？

麗：老太太，我來給您拿東西！哎呀！您買這麼多奶粉做什麼？

馬：兩大箱！這是誰吃呀！

古：你們懂什麼，搬近來吧！哎呀！我的兒子！你好吧！一個星期不見你，甭提這個日子夠多長了！呵！梁新也在這兒！這次的事把你累着了，眞怪過意不去的……

亭：娘！（很委曲的，似要哭）

古：呵！我的兒！這一個星期苦了你了，腿不要緊吧？

亭：擦破了點皮兒，扭了一下皮什麼——

古：（笑）我早知道沒什麼，我早知道是梁新吓唬我，「知子莫若母」，都叫我給慣壞了，小時候就是這樣，要是擦破了點皮兒，就大哭大叫着說「腿斷了」，或是「胳臂折了」……哈，老毛病，這樣一折騰，娘就什麼氣都沒有了……

新：伯母您休息一下吧！

古：不累！回到家裏來，看着什麼都舒服，瞧着什麼都順眼，你們不知道，寄住在別人家裏，可眞不是滋味……

亭：娘！都是兒子不好！叫你生氣——

古：也怪我無事生非，兒子媳婦都是標準的，知書達禮，有孝道，一旦離開了，才懂得還是自己的孩子親…

新：伯母，淑儀也馬上就回家了，她一個勁兒叫我向您解釋，她是像親娘一樣對您的，——

古：媳婦是好孩子！我還以爲她已經回來了呢？我去接她回來，

亭：娘！她就回來了！娘！你忽然買這麼多奶粉做什麼？

古：（笑）傻東西！這要問你自己呀！

亭：問我？我怎麼會知道？梁新你知道嗎？

新：我想……我大概不可能知道！

麗：我懂！那是老太太——

馬：長舌婦，！還是少插嘴吧！老太太想做點囤積居奇的生意，——

麗：老馬！你才少插嘴吧！我知道，那是爲了……

（電鈴）

麗：一定是太太回來了！我去開門！

聲：請問這兒是古公館吧？我們是萊園菜館送來一桌席！

麗：誰訂的？我們……

聲：來吧！搬進來！，放在那兒呵？（一陣脚步聲）

麗：先生！一家菜館送來的菜，不管不顧的就搬進飯廳去了！

亭：到底是怎麼回事？哎！眞的？是什麼人玩花樣呵？

古：這又是什麼人出的花樣兒？

新：會不會是……

聲：這兒是古公館吧！我們是福祿壽食品公司，你們這兒訂了一個生日蛋糕，放在那兒呵？

馬：送到客廳裏來吧！（低聲）麗蓮！這又是誰過生日呵！不要再惹亂子吧？這一波還未平呢？

麗：是老太太的生日吧？

古：寶亭！是你在搗鬼嗎？又訂茶又訂蛋糕的？今兒有什麼喜事嗎？

亭：娘！我坐在家裏，一個星期都沒出門呵！梁新——

新：老兄別問我吧！這一陣兒鬧的，使我比駕噴氣機還糊塗……

（電鈴）

麗：大門敞着，還按電鈴！這人神經病了？你……呵！太太！你也回來了！（大叫）先生！太太回來了！

古新亭：她回來了！

（高跟鞋走進來）

儀：娘！我應該先回家接您的，因爲我按着我們的計劃進行去訂了一桌席，買了一個蛋糕，又去買了一束花……所以就來晚了！娘！您不會怪我吧！

古：沒有！沒有！從前我都錯怪你了！這一星期委屈你了！以後要好好保養身子，千萬不能生氣——

儀：娘！謝謝您惦記着我！表哥！把您的休假也糟塌光了！眞抱歉！

新：淑儀！只要你好，就是再讓我多跑幾次腿，我都情願！

亭：淑儀！你忘了我了！你可憐的丈夫！（誇張的）呀！我可憐的腿！

儀：老壽星！別急這束鮮花獻給你！

亭：什麽？我是老壽星？你糊塗了？我是古寶亭！

古：你忘了！兒子！今天是你的生日呀！

亭：算了！再不要過什麽倒霉的生日了！我傷透心了！

儀：今兒，你生日一過，腿也好了！明天，我們一切重新開始！娘和我！

亭：娘和你？你們「庭外和解」了？呵！沒我在中間，事情一定好辦，那現在又是席，又是蛋糕，又是花——是你和娘商量好的……

儀：是娘記得你的生日，所以叫我去訂席——

古：不是，是淑儀記得你的生日，她去看我，說最好今天回來——讓你高興高興所以我們就做了一個計劃！

亭：娘！淑儀！你們倆只要你們二位能合作，我永遠不過生日都不可惜，（笑）旣然都爲我着想，平常又何苦鬧意見呢？

儀：什麼鬧意見，那都是我不對，我太任性。

古：那都是我太多心，管的事也太多，你們年青人有年青人的打算，眞不需要我這個老婆子多操心。

新：還是伯母精明。好了！你們兩位也別再爭了，反正都是爲了寶亭好……

麗：是呀！還是表少爺說的好，「反正，都是爲寶亭好……」

馬：麗蓮你又來了！菜擺在桌子上，該請各位去飯廳吃團圓飯了吧！

古：來吧！淑儀！噢！我忘了告訴你，我買了兩箱SMA。

儀：買這麼多幹嗎？還早呢？

古：有備無患呵！多存點好，

亭：娘，您這SMA是送給淑儀……

古：給我未來的小孫孫準備的！

亭：呵？小孫孫？淑儀！你怎麼早不告訴我？

儀：傻瓜！你應該早知道的呀！

新：恭喜你，淑儀！伯母！

儀：謝謝！娘！我們該去切蛋糕了！來吧！表哥！

麗：今兒，老太太可高興了！將來家裏有個小小孩，就有人陪着說話了！

馬：家裏添了小孩以後，來富！來喜要失寵了！

（大家笑起來）

亭：呵！，（忽然大叫）我的腿！

古儀：怎麼啦！寶亭！

亭：你們看，「小」的還沒來，「老」的就先失寵了！你們倆現在就不管我了？也不扶扶我！哎呀！我的腿！

儀：娘！你看寶亭是不是故意撒嬌！以後有了兒子，可不能這個樣呵！

古：說的是呵！就擦破了點皮兒，這麼大驚小怪的！快做爸爸的人啦！

亭：什麼？我這麼大歲數了，還撒嬌？你們眞是……

古儀：來吧！兒子寶亭，我們什麼都是爲了你呀！壽星！來入席吧！

麗：太太！牠們又來了……

（來富，來喜聲）

儀：沒關係！我喜歡牠們——

古：去！出去！看你們的髒爪子！把地板都弄髒了！來富！來喜！以後不聽話，我可眞打你們！麗蓮！以後不准牠們到客廳裏來！

麗：是！老太太！

——劇　終——

升官圖

升官圖

人　物：

穆良興。

幸福西施王花。

董事長。

老鼻煙壺鍾厚道。

瘦皮猴史可。

古秘書。

人聲效果。

理髮店。

男人單身宿舍。

前奏

報告者：升官圖。

進行曲。

（稍停）

報告者：升官圖。

進行曲再奏一遍，熱烈掌聲。

（稍停）重要人物仍無登場。

聲：呵哈！怎麼同事呢？這位先生的架子可眞不小，大家都在這兒等他，他卻不見人影？在未成總經理之前，他是很守時的呀，過去他一向是守時認眞負責，眞想不到，他地位升高了，人也變了，難道說，這是定律嗎？他忘了做小人物的可憐像了！唉，我不應揭人穩私的，可是他害得我兩腿酸痛、飢腸轆轆，我發點牢騷總是可以吧，唉！提起我們這位大經理，的確有一段奮鬪史呢，各位飯都吃過了吧，請泡杯香片，坐下來，聽我說給您聽：

——音樂——

聲：王小姐，那邊請你過去刮鬍子……

女：知道啦！

聲：王小姐，常來的那位瘦皮猴又請你啦！

女：知道啦，眞討厭，這個福利社的理髮店好像就找一個人是剃頭刮鬍子似的，大家都找我一個人！

聲：誰叫你是幸福西施哪，誰叫你在笑笑摸摸，都會幸福大半天啦！

女：去你的，人家累死啦，你還開玩笑！

（遠處）

老：喂！幸福西施怎麽還不來呀！看不起人嗎？

聲：那個外號叫老鼻烟壺的又壞了、快去吧！他的小費很多！

女：老色狼，討厭。

老：你們這個理髮部越來越不像話，簡直是慢待客人，難道我們不化錢嗎？每次來，都叫我們等半天，我們還要上班呀！

女：老先生，在辦公室簽了到，到這兒來刮鬍子上班是一樣呀！

老：喝喝，幸福西施，我就等你來刮鬍子呢？

女：哎呀！老先生，我們這個理髮部的招待好，生意多，價錢又便宜，我沒辦法伺候你一個人呀，這一點得請你原諒！

老：嘿嘿，你可眞會說話，我聽着就舒服，怪不得你被選上幸福西施呢！

女：老先生，今天還染頭髮嗎？

老：呵，今天……今天光刮——刮臉，不染，不染頭髮……

女：其實呀、老先生，你這頭髮要是不染，雪白的頭髮襯着你紅紅的臉，紅顏鶴髮，那才叫好看呢？

老：（樂不可支）哈哈，嘿嘿，我眞想收你做我的妹妹……

女：老先生，我拜你做乾爸爸吧！

老：那，那，我並不老呵！別看我頭髮白，那是少年白呀！

女：老先生！別動！

老：哎哎，西施！小心刀子！

（其他人哄笑）

瘦：老鼻烟壺，快刮你那個老面皮吧！我還在等着呢？

老：瘦皮猴！你別說廢話，一點也不懂得尊敬長者，你們這些小伙子們最差勁！

瘦：你那張皮，每小時刮一次、熨一次、那上面的火車道，還是照舊，我倒擔心幸福西施的手指頭磨破了！

老：你呀，你不生兒子，就是缺德在你這張嘴上！

瘦：你不缺德，老光棍兒一個，到處找人家漂亮小姐認妹妹！

（大家哄笑）

老：唉，你如果能學學人家穆良興，就懂得做人之道了！

女：說起穆先生，怎麼好久不來理髮啦！

瘦：幸福西施想他啦，人家最近兜得轉，會說兩句半洋文兒，上司賞識他，整天跟着上司屁股轉，恐怕沒時間來承受你幸福西施的撫摸了！

女：我記得穆先生總愛把頭髮理得那麼老式，說起話來，也是文質彬彬的，每次來，他總愛帶一朶白玫瑰給我，他說那是代表……

老：代表什麼？代表他向你獻殷勤：穆良興就是這點，讓人看不順眼，只要有機會他就會抓住機會大拍特拍！

瘦：這才叫識時務者爲俊傑呀！升官發財，全在這一手，有眞實學問的還得後後兒，拉關係最要緊！

老：幸福西施，明兒我也給你帶玫瑰，我帶紅玫瑰！

瘦：我只好帶黃玫瑰了、幸福西施看見了黃玫瑰，就像看見我的臉飢黃面瘦！

女：我不要！我就喜歡白玫瑰：那不是；……白玫瑰來了！

老：什麼？

瘦：呵，勁敵來了！呵呀！小姐，小心你的刀、我還要鼻子！

興：（禮貌的）各位好！

衆：好，穆先生！

興：我又來麻煩各位了！

衆：歡迎，歡迎。

女：穆先生，你怎麼好久不來了？

興：我這不是來了嗎？這一朶白玫瑰送給你！

女：呵，眞謝謝你，我們正談到你哪！

興：談我些什麽，我是才疏學淺，不値得費你們的口舌呀！

老：穆老弟，今天來修理門面，是又要跟董事長出巡嗎？

興：呵、老伯也在這兒，原讓我一時疏忽沒看見，原諒，原諒，呵！老伯問我爲什麽來修面，呵！是的：

今天下午，董事長要帶我去接洽一筆生意！

瘦：喂！穆良興，我看你快一步登天啦！

興：那裏，那裏，全憑各位老兄的獎掖：自從我到公司來以後，還不是多虧各位前輩的照顧！

老：老弟呀：萬一有那麽一天，可別忘了我……

興：老伯，你這是那兒話：我能站得住，還不是憑你一手提携，決忘不了你！

老：哈哈，部是同事麽！幫忙是應該的！

女：穆先生、洗頭髮嗎、還是先刮臉！

興：小姐，假使你不累，就給我來個全套吧，反正時間還來得及。

女：好的，穆先生，聽說你又要升官了！

興：沒有沒有，我不過是從小辦事員稍微向上跳了跳而已！老板說：「以示鼓勵」！哈，鼓勵鼓勵！

瘦：我們先走了！

興：好好，呵呵，他們的錢算我的，記在我賬上！

老：這怎麼好意思！

瘦：那麼下次算我的好啦！謝啦，我不會客氣！

興：小弟應該効勞？

老：唉、你要是早說請客、我就再染一次頭髮啦！好，這次謝啦，回頭見！

興：好，兩位慢走！

女：穆先生可眞慷慨！

興：唉！對這種貪小便宜的人，沒辦法，只好應付……呵，小姐、妳今天擦什麼香水呀！眞迷人？

女：那裏呀！不是外國貨！

興：下次、下次、我送你一瓶外國的……

女：呵、穆先生、你眞好！

興：呵、西施、你眞美！我……

女：別說話！看你滿臉肥皂、很像聖誕老人！

興：呵！聖誕老人？你說我是 Santa Claus？

女：孫——克老酸是什麼？是恢復疲勞的藥嗎？

興：你誤會了：My girl! 我說的是英語！

女：呵呀！你眞能幹，除了中國話，還會說英國話。

興：小意思，小意思！

女：「小意思」英語怎麼說？

興：小——意思——的意思嗎？就是——我下次來告訴你，快刮鬍子吧！董事長還在等着我哪！ My dear luck beauty!

——音樂——

長：嗯……

興：董事長，您看，這是澳洲定的一批膠鞋的訂單，貨金已經交了二分之一，限兩個月內運到，我已經和兩個膠鞋廠訂了合約，限他們十天之內交貨，驗收後剛好有一班轉澳洲的船，馬上就可以托運……

興：在這一筆生意上，轉手之間，我們就盈利不少……

長：好，你辦的很好……

興：還是，非洲訂的一批襯衫，已經交運了……

長：好的，我讓你交給太太的一筆家用，你已經送去了嗎？

興：是的，是的，你到日本去的第二天就送去了，太太正在打牌，我一直等她應酬完了，客人走了，我幫着收拾乾淨客廳，又幫着阿娟開好了飯，我才把錢拿出來，說是董事長事情忙，沒空兒親自送了來……

長：她沒發脾氣吧？

興：沒有……呵！剛聽說您又走了的時候，有一點火兒，可是經我一解釋，她老人家就沒氣了……

長：以後，你最好注意，不要稱呼她老人家，她年歲雖然大了些，可是她頂討厭人家稱她老！

興：是的，是的，我已經注意到了，我不過是在您這兒，這樣稱呼她老人家就是了！對於您來說，太太是該稱老人家了！

長：我走了這半個月。金小姐家你去過了沒有？

興：去過去過，她埋怨您走也不告訴她一聲，說她有好多東西要帶回來啦！

長：哼！我就怕她要買的東西太多，所以這一次去日本，我就沒告訴她……你知道，每次去日本，光給她一個人買東西就吃不消……

興：在金小姐家，幫着她給小狐狸狗洗了個澡，又幫着奧巴桑燒了幾個菜，我才離開的，金小姐直誇我燒的菜還不壞呢？

長：嘿嘿，她的胃口很刁呵！能讓她誇獎可眞不容易呢？

興：這……這是董事長栽培，能爲金小姐服務，這是我的光榮……

長：太太沒問起我在外面的事吧！

興：問了一點，我說您事情太忙，就遮掩過去了！

長：千萬不能讓太太曉得我和金小姐的事！太太人雖然老了，醋勁兒可還不小呢！

興：那是因爲董事長的魔力不減當年呀！

長：哈哈！也許……

（電話鈴）

興：喂！這兒是董事長室……呵！你是那一位？（低聲）董事長，珍妮小姐的電話，接不接？

長：就說我還沒回來……

興：喂！對不起，董事長還沒回來……是的，他一回來，我就報告他打電話給您……是的……您有什麼事，可以吩咐我……我叫穆良興……不不！不是沒良心……是穆桂英的穆……好好！隨便您叫吧！您就叫沒良心也可以……好！一定……再見……董事長，這位珍妮小姐好厲害呀！

長：這個珍妮，成心賴上我不放手啦！得小心點，以後再來電話你想辦法替我解決了吧！

興：是是！這叫「保持距離，以保安全」……嘿嘿……

長：公司裏同仁的工作情緒最近如何？

興：都還不錯……只有老鼻烟壺……

長：什麼？老鼻烟壺是誰？

興：那是別人給他起的外號，我說的老鼻烟壺就是鍾厚道，做出納的……

長：他怎麼樣？

興：好像手底下有點不清楚，聽說在外面欠了許多債，對於女色，尤其喜歡，並且常常對客戶有些勒索的跡象……

長：嗯？厚道是我的老人，他怎麼會變得這樣呢？

興：大概是缺少一個家的關係……年歲又老了些，做事不免就丟三拉四的……

長：你的意見呢？

興：我不敢說我的意見，為了公司的信譽，我是據實報告，要怎麼辦還是由董事長指示……

長：你看，有換出納的必要嗎？

興：站在公司利益立場，和保持您以往的交易信用，如果換一換，也未嘗不可，站在你是他老上司的地位，當然還是給他保留一個職位比較好……

長：如果那樣做，將會給他很大的刺激……

興：是的，當然要慢慢來，上次我向您介紹的那位王花小姐，也得熟習公司的業務之後，才能接替老鼻烟壺的工作……

長：王花？是我去日本之前，你介紹來的那位理髮小姐幸福西施嗎？

興：是的！是的，王小姐的工作態度非常良好，董事長要不要親自和她談一下……

長：我看……

興：王小姐能到我們公司來，是全憑董事長的提拔，她是個聰明人，長得又漂亮，以後對我們公司的業務可能幫助很大……

長：那……你就安排一個時間吧！

興：好的！那您對老鼻烟壺的事……

長：看情形，給他調調工作好了！

興：是的！我聽您的吩咐！

長：噢！我記起來了，你來我的這個貿易出口公司工作，不是鍾厚道……老鼻烟壺介紹你來的嗎？

興：是的，那時候我正在選擇幾種工作，不能決定做什麼好的時候，老鼻烟壺介紹我來您這兒幫幫忙——

長：他老了，如果給他調換工作，或是辭退了他，他可能會自殺的！

興：可是我們不能因爲他老就同情他……

長：很奇怪，你是他介紹來我行裏工作的，你現在却不幫他的忙……

興：我……純粹是爲了公司裏的利益，和您的信譽着想，而不顧個人私情的，所以，我替您安排了一個王小姐——當然，在我個人方面，我是絕對的感激他的，可是站在公家立場，對這種人，一定要給他一個適當的處置的！

興：謝謝董事長賞識……

長：很好！你這種公而忘私的工作態度，我很喜歡……

長：好吧！公司裏的事，你就給我多留些心，說實話，我也眞缺少一位像你這樣的心腹人……我要有個兒子就好了……

興：如果董事長不嫌棄，您就像我的再生父母，我願爲您效犬馬之勞——

長：哈哈……你很聰明，又能幹，行裏，我家裏，眞缺少不了你呀！

興：謝謝董事長！謝謝董事長！能得到您的信賴，眞是我的造化！

長：好好！只要你好好幹，我決虧待不了你！

興：是的！是的！謝謝！謝謝！

——音樂——

花：（高興口吻）是的！是的！我不是早說過謝謝了嗎？

興：我替你找到這麼好的工作，等於從火坑裏把你救出來，你就說個謝謝就完了？

花：那還要叫我怎麼謝？我們禮也送了，我爸和媽，也親自來見過你了，那還要怎麼樣呢？

興：怎麼樣？像你這麼聰明的人，不會想不出來……你想想看，在這種出口公司裏，當上個出納小姐可眞不容易呀！爲了你，我把老鼻烟壺 Cut 掉，害得他差一點自殺，我是冒着一條生命的危險，才替你在董事長面前爭來這個職位，你竟以爲是輕而易舉的！眞是，狗咬呂洞賓，不識好人心！

花：我要早知道老鼻烟壺會自殺，我根本就不會要這個職位，幸虧他老人家沒死了，否則，我這個出納，眞會做得坐立不安的呢？

興：那我爲你做的事都白廢心思了？

花：哎呀！穆副理，您可別生氣，您對我的好處，我怎麼會不知道呢？以後我會報答你的！

興：只要你懂就好了！你應該多想想，是在理髮店整天爲男人刮鬍子舒服，還是坐在這裏舒服？在理髮店每天站的兩腿酸酸的，一天晚上下來，分不了幾塊錢，可是在這兒呢？伙食不算錢，半年分一次紅利，每天所見所聞，要比你在理髮店高尚多了……

花：穆副理！俗話說，打人不打臉，揭人不揭短，我在理髮店當理髮小姐不算恥辱，我是用勞力換錢，我可不願意人家當話柄一樣拿着我……

興：我沒有威脅你的意思，我只是說你從前在理髮店當過理髮女郎，我又沒說你做過咖啡女郎，你急什麼呢？

花：穆副理，你過去當跑街的，也算不得什麼光榮吧？你替人家董事長的外室舖床疊被提馬桶，想你也不會忘記？

興：你？你這是什麼話？好好，我是君子人，我不和你女人一般見識，可是這些謠言，我也不喜歡聽，你是我介紹來的，你總得向着我這邊一點才合理呀！

花：合理？你是老鼻烟壺介紹進這個出口公司的，你怎麼會忘恩負義的想把他攆走呢？這也合理嗎？

興：鍾厚道已經老了，我不整他，別人也一定會擠他走，他的調職，還不是爲了你王花？爲了良心起見，我還不是叫他做點兒打雜的事情，好保住他的飯碗！

花：可是他現在做你從前做的事，並不感激你呢？他說總有一天，他要報復！

興：哼！他已經無能爲力了！董事長已經不信任他了！

花：那還不是你這位陰謀家使的壞！哎！副理呀！你說董事長要親自和我談話的，你怎麼還不安排時間呀！

興：按排時間？那可不是這麼簡單！

花：那還要什麼手續？

興：這個手續嗎？並不複雜，只要你不再這麼仇視我！問題就容易多了！

花：哼？你有什麼條件可以講明白、別這麼吞吞吐吐的……

興：我這個人，是現實主義，咱們是公平交易誰也不吃虧！以後嗎？你與董事長自己的官私，就與我無關了！你懂嗎？

花：哈哈！你穆副理可眞厲害！

興：那裏！咱們倆，是半斤八兩，棋逢對手呀！哈哈，來吧！My babe！

花：呸！不要在這裏嘛！……

（忽然敲門聲）

興：誰？進來！

老：穆良興——呵！穆副理有客戶來要見你！

興：瘦皮猴呢？他管什麼的？

老：老史——他說還是先見見你的好。

興：你叫這小子留心點，一點責任不負！叫客戶到我副理室來，我不能去見他們！

老：是……

興：王小姐，咱們的事晚上再談！下班之後，請你到我副理室來！

花：好的！謝謝你！穆副理！

老：穆良興，還有事嗎？

興：什麼穆良興！我現在是副理，你不知道？怎麼連一點禮貌都不懂呢？眞豈有此理！

老：是！穆副理！不過從前叫慣了，一時改不過口來……

興：從前是從前，已經不存在了，現在，就是現在，我是副理就是副理，懂嗎？嗯？

老：我不太懂！我只覺得，把自己的幸福，建築在別人的痛苦上，不是君子人光明磊落的作爲！

興：我給你一碗飯吃，就是可憐你！你應該知足，俗語說！知足常樂！

老：你別忘了是誰介紹你來這公司的？是我看見你沒飯吃，沒事做，是我向總經理說好說歹，才叫你來試用的！

興：出去！不要說了！

花：鍾老先生，副理累了，我們出去吧！

老：好！你現在厲害！小子，走着瞧，我這把老骨頭就給你拼了。

花：走吧！出去吧！

（門關上玻璃破碎）

興：老小子，不知死活，馬上就開你的刀：對！當機立斷，不留後患！（撥電話）喂，金公館嗎？請董事長講話！是的！是的！董事長嗎？呵太危險了！剛才老鼻烟壺拿把刀子，闖進我副理室，要不是王花小姐先看見，我的命就完了！門上的玻璃也打破了！是的，我看，再給他一次機會吧！：可憐他年紀老了！我吃一點虧沒關係，看我的面子，再留他一次，不行？好好！我只好照辦！那！是的！是的！再見！哼！老小子！有你好看的……

老：你別拉着我！我非和他拚命不可……

瘦：哎，老鍾呵！事已至此，你拚了命！又有什麼用呢？

老：穆良與這小子，眞是太沒良心了！我沒想到，我把他推上高桿兒，反過來他倒把我打下地獄！現在，弄得連個打雜的事都砸了你能不氣嗎？

瘦：你這麼大年紀了，別急，看急出其他的毛病，更得不償失，你就先在我們單身宿舍住着，吃碗閒飯，我們幾個哥兒們還供得起你。

（衆聲附和：是呀！老鼻烟壺，這沒關係。）

老：我男子漢大丈夫，我怎麼能讓你們小兄弟們養我！我出去擦皮鞋還可混兩個飽呢！我只是恨，人心太壞了！

瘦：現在社會，人善人欺，馬善人騎，你處處讓步，就會被人欺負！

老：可是我還少見像穆良與這小子，這麼沒人性的！他把我弄掉，就怕的是我會在公司裏時時會揭他的底兒！其實，他從前擦皮鞋，甚至偷點摸點，又有什麼呢？只要能改好向善，誰會看不起？爲什麼偏偏這麼怕我？你們說，我是那樣沒道德的人嗎？

瘦：這就叫做賊心虛！以小人之心度君子之量？先下手爲強，說說同事壞話打打小報告，否則，他怎麼能在董事長那兒紅起來呀！

老：我說瘦皮猴，你也得小心點，他一步步的來，把我們這些舊的一個個的剷除掉，好按上他自己的人，那誰也不知道他是什麼出身了！

瘦：沒關係，我時時準備撤退，我現在正勤練嗓子，萬一這兒不留爺，我就到歌廳去獻唱，還能餓死活人嗎？

聲：呵！你還去歌廳獻唱？憑你這付像兒？

瘦：別這麼大驚小怪的？我去獻唱有什麼不成？從前法蘭克辛那屈是怎麼成名的？我的這個長像，能說不是辛那屈第二嗎？我的嗓子也不壞呀！不信，請聽我唱唱……

聲：得了！我們還要命！別唱啦！（大家笑）

瘦：你們不知道，我買了好多辛那屈的唱片，已經模仿很夠味了，萬一我們這位V｜P（Very important person）穆良與先生開除我，我第二步就以瘦皮猴第二的照牌去美麗飯店，到時候我一定請各位去免費捧場！

老：唉！獻唱不是正當人的職業，還是找個正當工作要緊。

瘦：獻唱有什麼不正當？只要鈔票賺的多就够了，顧忌太多，就活不下去了！老鼻烟壺！你太正派了！現實社會，不允許你這樣的人物生活了！只要你鈔票多，就兜得轉，誰又計較你鈔票是怎樣來的？

老：不管怎麼樣，我們是聖人之後，道德傳統，我們還是要維護的！否則世風日下！道德淪喪，這個文明社會將無法保持！

瘦：老鼻烟壺，先別談你的社會道德，晚上和我去美麗酒店開開眼先樂樂再說！

老：謝謝吧！老朋友！我不找那個沒良心的小子拚命，我就得去找其他的朋友幫幫忙，找找工作，我還是相信，善有善報，惡有惡報的說法，走着瞧吧！

瘦：那也好！我也相信這個社會不盡是像穆良與那種登着人家鼻子爬高然後再踩死人的社會！

聲：沒關係，老鍾別發愁！不會讓你餓着的！

老：謝謝謝謝！

瘦：老鍾啊，說正經的，不能走極端，要三思而後行呵！千萬不能找沒良心去拚刀子！

老：我曉得！我出去了！

衆聲：回頭見……

瘦：各位觀衆，現在是中國的瘦皮猴法蘭克辛那屈第二史可向您獻唱！（唱片效果） Call me irresponsible

衆聲：好！了不起的歌手！（鼓掌起鬨）（Frank Sinatra 第36屆 Osear 最佳揷曲。）

——音樂——

（電話鈴）

興：嗯！我是總經理！你們眞是，這樣一點小事也找我，要你們做什麼？這個也要請示嗎？

（放下電話）

興：這些人，眞是只知道吃飯，不能成大業！

（電話鈴）

興：嗯，我是總經理——這樣辦可以，要注意，把握時間最要緊，時間就是金錢，一分鐘也不能延擱！好，你做的很好！我一定爲你調整工作！（在未放下電話時另一部電話機又響了）

（電話鈴）

興：嗯！怎麽樣？——哈哈！My kiddy 不要開玩笑，我就來看你——讓我的車去接你？恐怕今天不行—我太太說今天下午用車，不要發火兒！寶貝！ My sweet！ honey！ 好！我馬上去你那兒！你如果氣壞了，我就罪孽深重了！ Kiss you by air bye！哼！這小妮子眞够我受的，一點也不爲別人着想！得想個辦法甩掉她！

（電話鈴又響）

興：討厭，我一回來，光聽電話就够煩的！！喂！我是總經理！什麽，出納又出事兒！呵呵！馬上解聘他！這種人決不能要他！什麽？他是我太太的弟弟也不成？這件事一定辦他，也要給其他的人樹個榜樣，就是我的親戚，我的小舅子也要公事公辦！沒關係我授權給你，省得叫人家說我穆良興藉用職權，姑息私人！太太的姑爹還是不忠於職守？先給他警告然後再開刀！好，你去辦！唉！我眞擔心！以後會垮在這些裙帶關係上！

花：什麼裙帶關係呵！我家裏的人在你那兒做事，也不是白拿錢，還不得整天看你那個陰陽臉兒！

興：太太，你那位弟弟也太不像話啦！藉公司的名義，在外面亂拉關係，敲客戶的竹槓，信用弄得一塌糊塗，還欠了一屁股的債！

花：我弟弟是獨養子，從小就花慣了，改不過來了！

興：那你這個做姐姐的，也應該勸勸他，不是爲他，也應該爲我想想，我爬到這麼高，不是容易的，你願意我爲了這些不三不四的關係給拖垮嗎？

花：什麼不三不四的關係？你說話清楚點！

興：我也沒，說什麼呀！你生什麼氣嗎？

花：你以爲你了不起？頂多是到外國走了一趟，我看你是「棉花行裏失火」燒包！你那一套我還不懂，你少在我面前臭擺！

興：瞧！每次我一說到令弟？你的火兒就這麼大，你也太溺愛你那個寶貝弟弟啦！

花：我弟弟當然寶貝！我們早死了父母，我扶養他長大，我當然疼他！

興：疼他也有限度！如果他把公司拖垮了，你也護着他嗎？

花：就另外送他筆錢，讓他去自謀生活，反正你這幾年混水摸魚撈的也不少了。

興：我撈的還不都叫你給揮霍了，算算你光是高跟鞋有多少雙？

花：放屁，你的錢，誰知你倒貼什麼妖精八怪的，我除了打麻將，我揮霍到那兒去啦？

興：唉！一個人說話得有良心啊！不能平白無辜的寃枉人呀！

花：哼！你有良心，你就不會到今天這個地位了！我告訴你，穆良興，你要是敢動我弟弟一根汗毛，我就把你過去所有的好事、都給你揭出來。

興：我希望你不要逼人太甚，你也應該想想我是怎麼對你的，想當年，不是我從幸福理髮店把你拖出來，你會當上總經理的太太。

花：你也別忘了，不是我王花在董事長那兒用功夫，你會有今天，你從前說過，我們倆在一塊，是半斤八兩，公平交易，誰也不吃虧，要是把你這種吃人碰人投機取巧過河拆橋，見利忘義，忘恩負義的人眞當做丈夫，那我王花就不是我王花啦！

興：難道我在你眼裏就一個錢不值嗎？你不要忘了這些家當財產，都是用我的心血賺來的。

花：說騙倒眞實些，我還不是被你騙來的！

興：你是甘心情願跟我的呀，你是個活人，我怎麼騙你？

花：得了，現在孩子都這麼大啦，我不和你爭論這個，可是你也不要逼我，小心我把你那些見不得人的事揭出來！

興：不管你怎麼說，你弟弟的工作必須換人。

花：你敢！

興：我就要試試，看你王花能把我怎麼樣？

花：我告訴董事長撤你的職！

興：王花，看看你自己臉上的縐紋吧！現在董事長不會聽你的了，從前，你陪他一夜，可以旋轉乾坤，現在，只要我的 Honey 向他笑一笑，他都會向我投降的！

花：你，你這個無恥的東西，

興：無恥，你也不比我高尚。

花：呵！穆良興，你！（哭）你沒良心的，你現在用不到我了，就對我這麼兇，我要和你算清賬，咱們倆就分手，讓你那些亂七八糟的女人再替你打天下。

興：只要你知趣點，我總能容得下你，你如果要逼我，我是翻臉不認人。

花：算我瞎了眼，碰上你這種卑鄙的東西。

興：現在你看清了嗎？你罵我卑鄙，無恥，可是，你吃的、穿的享受的，卻都是我這個卑鄙小人給你撈來的，你還有臉講什麼？

花：從現在我不講了，咱們離婚，一刀兩斷，井水不犯河水。

興：離什麼婚，咱們從來沒結過婚，你要走就走，孩子留下來，妳另打妳的主意，我穆良興決不在乎。

花：呵，（無可奈何的又哭起了）我後悔當初受了你的騙呵！

（敲門聲）

興：別哭了，有人來了！（咳嗽）

花：嗯！（止住哭聲）

興：進來！

古：總經理早！

興：呵！古秘書！

古：是，太太早，您早起來啦？

花：（假笑）呵，古秘書早，起來一會啦！請坐！

古：謝謝，謝謝，我站一會兒一樣！

興：有什麼特別的事嗎？一定趕到家裏來說？

古：也沒什麼重要，只是您剛才在電話裏，交給我辦的那件事，我覺得有點小困難！

興：哼！什麼困難？是你不肯負責，你們這些年青人，不是我教訓你，你們就是懶得思索，懶得用腦筋，這怎麼能做大事呢？做事應該負責認眞，對人忠誠厚道，這才叫處世之道呵！

花：古秘書，總經理告訴你的，都是對你有好處的，你應該聽他的。

古：是，太太，可是，總經理，要我撤王會計的職，我想—

興：好啦，別說啦，有公事回公司去講！

花：怎麼，你眞要對我弟弟下手？

古：其實呢？王會計這個人也不算不精明，就是年靑了些，愛玩！哈哈（不自然的笑）

興：古秘書，我曾經告訴過你，要你說的，你說，不該你說的，你就少說，懂嗎？叫司機準備車，我要出去！

古：是的，是的，您說的是，以後還得您多給我教誨！我現在去通知司機備車，呵，太太，還有件事，差點兒忘記向您報告，你上次叫我送拍賣行賣的那批東西……

興：你又送什麼東西去拍賣行了？

花：那是我跟古秘書的事，你少管！

興：你們賣走私貨品，弄出皮漏來，我可不替你負責，古秘書，以後你只負責行裏的事，家裏的事你少插手，一個年紀靑靑的人，怎麼不走正道呢？

古：是，是，我去叫司機給您預備車，太太，打擾你了！。

興：討厭，我就討厭這種拍馬諂媚的小人！

花：哼！你是最壞的小人。

興：是嗎？我倒不覺得，好啦！我走了，今天還有個地方約我演講，自從我考察回國之後，邀我演講的地方可眞多，可是我又不能拒絕！哼！眞想不到，我穆良興，現在竟成了個名人了！過去，我必須聽人家的，現在，許多人喜歡聽我的了，哈哈（得意的）

花：哼！你還以爲你偉大得不得了呢？我就看不起你，一個人如果缺少「德性」、再偉大也等於零。

興：好了，別吵了，我走了，也許，今晚我不回來……

花：你不回來更好，你永遠不回來才好！

興：王花，你讓我有「德性」你先留點「口德」才是眞的，我眞的不回來了，你成了寡婦，你又有什麼好處！

花：走吧！別說了，我再也不和你說話！

古：總經理，您上車吧！

興：（咳嗽幾聲）噢！古秘書，太太剛才叫你做什麼事來着，你等一會兒再到公司來吧！家裏有些事需要你幫幫忙……

古：是的，我這是「義不容辭」，我應該做的！

興：好，下午我到公司裏來，咱們再講。王會計的事，暫時擱一擱好了。

古：是的，是的，一切聽您吩咐！

興：太太，我走了，有事我就不回來吃飯了，別等我！（虛假的）

花：好的！覺得累了，就早點回來吧！別太辛苦了！（虛假的）

古：您二位，眞是讓我們年青人羨慕……

興：我們是相敬如賓，這麼多年來，我們從來沒有吵過架……是吧？太太……

花：快去吧！別讓古秘書笑話我們了。

古：那裏！那裏！你們是標準夫妻，這是誰都知道的呀！（笑）

興：再見！

花：再見！

（汽車發動開行）

花：哼！你永遠不要再回來！

——音樂——

鼓掌聲——

聲：歡迎實業家，穆良興先生！

興：謝謝！謝謝各位！Ladys and Gentelman 首先，請各位原諒我的遲到，我的事情，的確是太多，太多，自從我考察囘國之後，我被邀約演說的地方更多，我不能不答應，因爲各位愛護我，看得起我，才喜歡約我來，所以，不管我是多麼抽不開身，我必須設法來和各位聚聚——我覺得，這是我的光榮。

（掌聲）

興：各位，今天我所要向各位說的，是「個人道德與公衆事業」——

——音樂——

（掌聲）

聲：各位聽衆，如果要聽他講、眞是處處都是大道理，你會覺得他學識淵博，爲人忠厚，哼！其實呢，我們是有耳共聽！都知道是怎麼囘事了！

（突然緊急剎車聲，人聲）

聲：呀！怎麼囘事，出了車禍了，糟糕，是我們這位重要人物的車子和別人的車子撞上了，糟糕，他受了重傷，他說王花的話不幸而言中，王花眞是做了寡婦——老鼻烟壺的話也眞不錯，善有善報，惡有惡報，這沒有良心的小人，終於天也不容他了。好了，各位也該休息了吧！聽廣播聽累了，我講的這個故事，眞不是個好故事，請原諒！下次我再說個精彩的，再見！

——劇　終——

母親的塑像

母親的塑像

人物：

彬彬 幼年——六歲
　　 少年——十六歲

芷君

祁德揚

吳媽

白玲

人聲效果

①張老師聲（女）

③男女聲

——風雨聲

女聲：（遠）彬彬，別滑倒，走好。

彬彬：（六歲女孩聲）謝謝你，張老師。

女聲：彬彬，明天颱風來了，就不要來上學了，記得告訴你媽媽，再見！

彬彬：是啦，再見！張老師！

女聲：再見，彬彬！（遠）

彬：吳媽，吳媽，開門（要哭的聲音）。

吳：來啦：（開門）哎呀：小姐呀，怎麼一個人回來啦，瞧你渾身都淋濕了，快來換衣裳？

彬：我媽呢，我媽媽呢？她怎麼不來接我？

吳：哎呀：瞧我這個記性！太太去辦什麼護照啦，囑咐過我，說要是十二點趕不回來，就叫我去幼稚園接你，瞧、我忙着做飯，把你給忘啦！

彬：我媽每天都去接我的，今天下雨，她就不來，小朋友都走光了，張老師才送我回來的！

吳：小姐呀，別怪你媽，要罵就罵我吧：誰叫我腦筋這麼壞呢？快來換衣裳，受了涼，可不是玩的！

彬：（賭氣地）我不要，我要等媽回來換！

吳：那怎麼成？你媽這幾天忙得很，不定什麼時候回來呢！

彬：我媽，忙什麼？

吳：媽媽要到外國去了！你沒看見你媽媽的那些畫呀、塑像呀、都裝了箱嗎？說要到外國去展：什麼覽：

彬：爸爸去不去？

吳：你爸爸怎麼能去？他軍隊裏的事怎麼離得了他？

彬：那媽媽一個人去害不害怕？

吳：媽媽是大人了，不像你，小孩子才害怕呢！

彬：我也不害怕，等我大了，我也到外國去！

吳：你去做什麼，唸書嗎？

彬：我也去畫畫？像媽一樣，用泥巴做小人兒！

吳：一個女孩子家，那有什麼出息？白糟塌錢，你爸爸賺的那兩個兒餉，都叫你媽買泥巴給糟塌了，揑那麼些人頭兒幹嗎？怪嚇人的，男的女的沒胳膀沒腿兒的，也沒眼珠兒，眞不明白，還會有外國人請她去揑。

彬：（呵嚏）呵，吳媽，我冷！

吳：剛才叫你換衣裳就不聽話，怎麼樣？凉着了吧，你這個小孩兒脾氣就怪，你這麼蹩扭有什麼好處？我去給你找衣裳，手巾給你，先把頭髮擦乾！

彬：（又一個呵嚏）呵、我媽媽到那兒去了嗎？我要媽！

吳：別叫，衣裳拿來了，快換上，你可千萬別病，病了，我這頓罵又够受的。

彬：（要哭了）我要媽，我要媽給我穿！

吳：小彬呵，你再不聽話，我要打你啦，你簡直被慣的不像個孩子啦！

彬：你罵我，回來告訴媽！

吳：看你敢，你媽到外國去了，我才不管你呢，我也不做飯給你吃！

彬：我爸爸會買來給我吃？

吳：你媽走了，你爸爸才不會管你呢，那時候，我就叫人領你囘去……

彬：領我囘去？

吳：替你另外找個媽媽管你！

彬：（害怕的）我不要！我不要另找個媽媽！

吳：那就現在聽話，趕快把乾衣裳換好，不要告訴媽，說我忘記去接你，你淋着雨囘來的……

彬：那張老師告訴媽呢？

吳：那！哎呀！糟糕，肉燒焦了：：（遠）小彬呵！快換衣裳！

彬：（委曲地答應着）嗯！呵：噓：吳媽，我要喝開水！

吳：（遠）暖瓶裏有，自己會不會倒，我厨房裏走不開呀！

彬：會！（暖瓶蓋，茶杯……等響聲，然後是呼的一聲，暖瓶茶杯一齊落地，小彬被燙地大叫）呵，媽！媽媽呀！

吳：（從厨房跑囘）怎麼啦，又怎麼啦，哎呀，小禍害，不會倒就說不會，瞧瞧燙着啦是吧！

彬：媽，我要媽！（哭）

吳：討厭，我就忙你一個人兒啦，痛嗎？

彬：痛！

吳：好：別哭！抹點醬油就好啦。

（門鈴忽響）

彬：我媽！我媽回來啦！

君：（遠）吳媽，快開門！

吳：來啦，別哭！小彬，不准告訴媽，說是我叫你自己倒開水，知道嗎？你不聽我的話，你媽不在家，我就不給你飯吃！

彬：（嗚嗚的哭，低低的）

君：吳媽，你做什麼啦？雨這麼大，還不來開門。

吳：來啦！（開門）我厨房裏忙着，正炒菜……

君：去接接彬彬回來啦！

吳：接回來啦！

君：彬彬，媽回來啦，怎麼啦？這暖瓶……這一堆是怎麼啦？彬彬，怎麼啦，開水燙着啦？

吳：可不是嗎？告訴她不要自己倒開水，她就不聽話，你瞧……

君：彬彬，我的乖寶貝，怎麼楞啦，這胸膛燙着了，痛不痛，媽來給你擦藥膏……

彬：（大哭）媽、媽：你不要走！你不要走！

君：我的乖寶貝，都怪媽不好，媽在家，你就不會燙着啦！彬彬，怎麼衣裳都是潮的？你淋雨啦，吳媽，是你去接小姐回來的？

吳：是我……

彬：媽！以後你去接我，我不要她接！我不要這個臭女人去接！

君：彬彬怎麼可以說這種話，誰教你的？說壞話我要打你啦，來，把衣裳換一換，眞是的，我一次不接你，你就弄成這個樣子！吳媽去接你，你不謝她，還要罵她，想想你對嗎？

彬：臭女人，臭女人，她兇！你不在家，她要打我！

君：誰說的！吳媽是最疼你的一個，你一兩歲的時候，都是她照顧你的，你愛尿尿，尿片子都是她替你洗呢？怎麼現在長大了，就這麼沒良心？還罵她是臭女人，這是誰教你的？臭女人，多難聽！

彬：我聽見小討厭的爸爸，這樣罵李媽媽的！

君：李伯伯對李媽媽不好，才罵這樣難聽的話，是男人罵女人才這樣說的，你怎麼可以這樣罵吳媽？

彬：李媽媽對李伯伯兇，李伯伯就罵她是臭女人，吳媽對我兇，我也罵她是臭女人！媽媽，吳媽身上眞有臭味呢？不信你聞聞！

君：瞧你這個孩子！怎麼這樣不忠厚？吳媽整天做工，整天出汗，身上當然不會香啦？不准這樣笑話人！這樣人家不喜歡你啦！好啦！衣裳換好了，胸膛還痛嗎？

彬：不痛啦，媽以後還是你每天去接我，別叫吳媽去好嗎？

君：媽媽從美國回來，還是媽去接你，媽不在家，就只好讓吳媽去接你了。

彬：媽，你去美國做什麼？

君：小彬呵，媽不是告訴過你嗎？媽在學校裏是學繪畫和彫塑的，現在有個機會，要到美國去展覽，這是很難得的機會呀，媽努力了這麼多年，怎麼能不去呢，媽媽眞正成了名，我的彬彬也可以到美國去唸書了！

彬：媽你不去不可以嗎？

君：爲什麼不願媽去，媽從美國回來，會給彬彬買紗衣裳回來……

彬：我不要紗衣裳，我只要媽！（哭）

君：彬彬，前兩天，咱們不是商量好了嗎？媽去一兩個月，你在家裏，爸爸和吳媽會照顧你，我不在家的時候，你可練習用油泥揑小人，媽媽不是教過你嗎？怎麼又扭起來了？

彬：我不要你去！你走了吳媽會打我！

君：吳媽對你最好，她最愛你啦，再說，媽媽的出國手續都辦好了，只等船期一到，媽就動身，躭誤這一次，下次就沒機會了呀！孩子！

彬：媽就不愛我！

君：呵，我不愛你？

彬：媽媽！我是不是你的孩子？

君：你怎麼問這個話？

彬：小朋友們笑我是檢來的孩子！

君：呵？

彬：今天你沒去接我，吳媽也沒去，又下雨，小朋友走的時候，就笑話我，說你不是我眞正的媽媽，下雨，就不願來管我，他們看見我哭了就笑着跑了……

君：彬彬，你是媽媽的乖寶貝，千萬不能聽別人的閑話！我就是你的親媽媽，你沒有第二個媽媽！懂嗎？

彬：今天張老師送我囘家的時候，我問她我是不是你的孩子，她說我大了就知道了……媽，養女是什麼？

君：養女！

吳：吃飯了，太太！

君：吳媽？囑咐你去接小姐怎麼沒去？

吳：我？——忙忘了！不去接她，她還不是囘來啦！

君：你瞧你，怎麼說這種話，她是個孩子呀！

吳：我再去接她，再怎麼對他好，她還不是罵我！

君：你這麼大年紀啦，怎麼和個孩子賭氣？你瞧，囑咐你去接她，你沒有，惹來這麼多閑話……

吳：太太，你沒聽見，外面的閑話可多啦！小彬這孩子，你再怎麼對她好都是白廢心思，以後大了就更難纏……

君：吳媽，你越老越糊塗啦，你糊說些什麼。

彬：媽，我……口渴。

君：怎麼啦？彬彬，哎呀，頭這麼熱！你是不是發燒？

彬：媽，我要喝水，我！心裏很熱……

君：吳媽，快去打電話，叫部計程車來，彬彬不對啦，怎麼燒的這麼厲害，快！

彬：媽媽你別走！你別走！

君：媽媽不走！媽媽帶彬彬去看病——

彬：媽媽，你不要到外國去……吳媽會打我……

君：好，媽不去外國……

彬：你騙我。

君：媽媽不騙彬彬，彬彬你千萬不能生病呵，你眞病了我就不能走了……

彬：爲什麼？

君：媽媽愛你！爲了愛你，什麼都可以不顧了呀！我的孩子！吳媽！快去打電話呀！快呀！

彬：媽！你別走！你別走！

吳：就去了！（咕嚕着）下着大雨！這個鬼孩子就會這麼搗蛋！等她長大了，太太要不白疼她才怪呢？颱風要來了，生什麼病呵……

——音樂——

彬：媽！媽！看着我嗎！別把頭又低下去，這和剛才的樣子不對了呀！

君：（無力的）好，這樣對了嗎？

彬：別再動了！你老是不聽話，把你的鼻子都揑歪了……

君：別說話，彬彬，塑像的時候，要聚精會神，要把你愛媽媽的心情，都灌注在這些油泥裏，塑出來的像才像活的呀！

揚：（遠）芷君，休息一會吧！又給她上課，她這麼小怎麼懂呢？

彬：爸爸！我懂媽媽的話，我心裏想着媽媽漂亮，媽媽的塑像就眞漂亮了！對嗎？

君：對極了！我的乖女兒！

揚：（近）彬彬，等會再塑吧！媽媽剛病好，會支持不住的！

君：讓她繼續吧！別掃她的興。

彬：爸爸最壞了，老是掃人家的興！

揚：你媽病了一個多月了，剛能坐起來，你就纏着她塑像，你不心疼媽媽嗎？

彬：媽媽願意這樣麽！她說她這次病，不能到美國去，以後就去不了啦！要教好我替她去，所以我才忙着塑呀！

揚：小機靈鬼！還說呢？要不是你把肺炎傳給你媽，你媽這時候早到美國啦！為了你這個小丫頭什麽都就誤啦！

君：德揚，機會已經失掉了，還瞞怨孩子做什麽？要不是彬彬把肺炎傳給我，說不定她的小命已經丟了！

揚：你們一大一小，一個女王一個公主，這一病，可把我這個老聽差的急死了！萬一大命換小命，大命一去不歸，你讓我怎麽辦！

君：德揚！不會的！我還年青，我還捨不得走呢？

彬：媽！你瞧，你又流眼淚了！我怎麽塑你的眼睛呀！

君：好！媽把眼淚擦乾就是了！

彬：告訴我，眼睛怎麽揑呀！揑個圓球嗎？

君：圓球是空洞的，要把神情塑進去，知道我是怎麼看你，又怎麼看你爸爸嗎？（自言自語）我用全部的愛看你們倆，看我的丈夫，看我的好女兒，為你們兩個寶貝，我什麼都能犧牲的！

揚：呵！芷君！

彬：媽！愛是什麼呀！

君：孩子，愛是看不見的，你只能在各方面感覺到它，當你有愛存在的時候，你會感覺到充滿了光，充滿了力量，什麼都是美的……

揚：芷君，你的哲理我永遠相信，雖然我們自己沒有孩子……

君：德揚！（低低的）你怎麼啦！

揚：哈哈！當然，彬彬是我們最乖的女兒……

彬：媽！我眼睛裡有沒有愛？

君：當然有，你對爸和媽好，就有愛了！

彬：媽！把你的眼淚也揑上好嗎？

君：好哇！揑好了，旁邊寫張字條，寫上：「媽媽正在哭」，像我給你塑的那些像一樣，不是也有一個流眼淚的嗎？

彬：醜死了，我才不喜歡呢？頭髮都沒有！

揚：芷君，你也眞有耐心煩，從彬彬一歲起，一年一個像，等她長大了，我們這個小屋恐怕就裝不下她的塑像了！

彬：那我就打碎它們！

君：（驚）呵！彬彬！不可以！那是媽媽愛你的結晶啊！我要在這些塑像上看出你怎麼樣長大，怎麼健壯起來……怎麼樣越長越美，就像你現在就學着塑媽媽的像一樣，天天看媽媽，守着媽媽，練習你的手勁兒，等你一年年的長大了，你認識媽媽更淸楚，你愛媽媽更深的時候，你所塑出來的媽媽的像就更美了！……（咳）

揚：芷君，少說點吧！你累了！說這個，彬彬怎麼懂呢？

彬：我懂！我暑假以後就上小學了！爸爸老是看不起人！

揚：哈！彬彬！爸爸怎麼敢看不起你呀！你是最聰明的小孩！你是美麗的小公主不是嗎？

君：彬彬，爸爸不是看不起你，他只是說不出來如何喜歡你就是了！呵！彬彬！我可以休息一會兒了嗎？

彬：不可以，你的耳朶還沒有呢？

揚：讓媽休息一會兒！聽話！

彬：不行！不行！

吳：（遠）太太！麥片來了！吃了躺一會吧！坐了好半天了！小彬呵！讓媽休息一會兒，你媽叫你害病了外國也去不成了！現在還折磨她！小孩子會捏什麼東西呀！
彬：不要你說話！臭！……
君：彬彬！說什麼？再說我可眞打你了！吳媽！把麥片冷一會兒再吃不要緊，等她捏完了再說吧！
彬：我不捏了！我不捏了！
揚：小彬！瞧你把泥巴亂丟，做什麼？
吳：我又惹着她了！好！我去廚房！眼不見爲淨！小禍害！（遠）
君：慢着！慢着！弄我一身泥！德揚！抱她起來……
揚：起來！小彬！賴在地下做什麼？你太不講理，吳媽說的還不對嗎？
彬：我不要她管！（哭）她是……呵！媽！你別哭嘛！彬彬以後不罵她了！以後我聽話！……你別哭好不好？
君：彬彬！做一個好女孩是不能這樣撒野罵人的，知道嗎？要做媽媽的乖女兒，不但要聽爸爸的話，也要聽吳媽的話，她是我們家的老佣人，有時候我和你爸爸都得聽她的呢？她幫我們做飯洗衣，是我們的好朋友，你怎麼能罵她？
彬：你和爸不在家的時候，她也罵我呢？
君：呵！眞的？回頭我也要問她，現在去洗手洗臉，自己去玩吧！媽要休息一會兒！

彬：嗯！（跑開）

（稍停）

君：德揚！你聽見吳媽說過小彬的事嗎？

揚：回頭再囑咐吳媽，不能以老買老把小彬當成外人！這樣太不對了！

君：唉！事情總有揭穿的一天，我眞不知道應該怎麼辦好？我是否能承受得了那時候的打擊？我眞不敢想！

揚：芷君，不要杞人憂天了！我們盡心意去愛她，做一般父母爲孩子應盡的責任，以後，就看她有沒有良心了！

君：德揚！希望我們的心思沒有白廢！……

揚：（冷笑）哼！誰能說得定呵！希望你先在心理上準備好！「傷心」，也許是註定了的！

——音樂——

（彬彬長大了十年）

彬：吳媽！我喝水！

吳：（老了十年）就來啦！

彬：（自言自語）這是媽挺直的鼻子！……媽說，這是代表正義感……薄薄的嘴唇……這是謹愼和毅力的型態……兩隻大眼睛，這是高貴靈魂的象徵……這寬濶的前額，是智慧和容忍，寬大的表現……還有這微笑……是代表整個的愛……這耳朵呢？兩耳垂肩是表示福份……嗯，媽是很有福氣，會寫會畫，還有個好爸爸愛她，如果再有個弟弟就更好了，可惜只有我這麼一個寶貝女兒……眞奇怪，媽怎麼只生我一個就不再生了呢？外邊人家說我……（不耐煩的）吳媽！我渴死啦！你拿不拿水來嘛！

吳：來啦！你沒看見我正忙着？（倒水聲）水給你！眞是，水就在手邊，走兩步，嘴就碰着杯子啦！偏得把我從厨房裏折騰出來！……

彬：你沒看見我正給媽塑像嗎？我一走開，靈感就沒有了！你懂不懂？

吳：我不懂，可是我懂你懶，都是叫你媽給慣壞的，這麼大姑娘家了，家裏事一點都不管！油瓶倒了都不說扶一扶……

彬：（頑皮的）油瓶倒了你可以扶呵！你在厨房，我在書房，怎麼來得及呢？

吳：你少貧嘴！在那兒學來的這些油腔滑調的？

彬：你管我呢？走吧！老糊塗！別在這兒囉嗦了，我要趕快把媽媽的像塑好，等我十六歲生日的那天獻給她。

吳：獻個塑像有什麼用？有那個心少叫你媽生氣倒是眞的，你沒看見你爸和媽，這十幾年來頭髮都灰白了？省吃儉用，就扶養你這個小搗蛋鬼呵！

彬：別囉嗦了好吧！老白毛！你比我媽都管的多！

吳：你是我從小看大的，我沒資格管你是不？

彬：有有有！你是老資格！成吧？以老賣老！

吳：小彬！看你這個沒大沒小的勁兒，我眞想搧你一耳括子！

彬：（嚴重的）吳媽！你是怎麼啦！後天就是我的生日，我要趕着塑像，你怎麼總是和我做對，又是罵我，又要打我，你是怎麼囘事嗎？你是我的什麼人？你對我這麼兇？我記得從我小時候你就對我兇，爲什麼？

吳：我！……不爲什麼，你媽教書忙，代你媽管管你……

彬：我現在告訴你，我長大了，用不着你這個做下人的管我！

吳：小彬！你！……

彬：你的工作在廚房裏，快走！以後少管我的閑事！

吳：（氣）好！好！待會兒你媽跟爸從教堂囘來，看我不告你！

彬：你去告訴聖母好了！我才不怕呢？

吳：小彬！你！……小沒良心的！唉！（走遠）

彬：小沒良心的！小沒良心的！討厭死了！從小喊到大，即便有良心也給喊沒了！眞奇怪，我在吳媽的眼裏，總像是個外人似的，她對我什麼都不滿意，連我吃飯弄的碗筷響，她都得嘮叨上半天，好像從小就對我有成見似的……不行，耳朵不能垂肩，那會影響媽媽的美的！母親的像眞難塑，除了美，還得把慈，把愛，把一個母親的德性都塑出來，眞不容易，不曉得世界上著名的彫塑家，能不能塑出一個眞正代表母親的像來……今天早飯拚命的吃鹹菜，又渴了，吳——不喊這個討厭的老太婆，回頭又是一頓教訓！小時候，她就限制我喝水，說我愛尿床……（倒水聲）媽說，只要我充滿了「愛心」，這種情感會揉和在泥裏，會從我的指尖上，一點一星的灌注到彫塑的身上，媽媽的話很對，我從她眼睛裏看見的愛，再由我的手和心，移置在這塑像的臉上……

（電鈴響）

準是媽和爸回來啦！我去開門！媽！我來開門！媽！爸！你們回來啦！

君：回來啦！彬彬，這個禮拜又沒去望彌撒，鍾神父又問起你啦！

彬：你沒告訴他，我在家塑你的像嗎？

揚：塑像只是不愛去教堂的藉口罷了！

彬：爸爸老不相信人！

揚：不是我不相信人，反正你不能否認，你不愛去教堂，你不喜歡唸經！跪呵！站的！對不？

彬：不對！只是我不願意每個星期天，除了上學好容易有個自由的時間，都把它浪費在教堂裏！

君：那怎麽能說是浪費呢？在那一剎那，你的心靈可以得到完全的解脫，沒有塵世的一點煩惱，你面對着的是你心裏的「神」！……

彬：媽！別動！黑的紗覆蓋在灰白的頭髮上，白裏透紅的面色！亮晶晶的大眼睛充滿着淚水……呵！母親的塑像上還應當加塊長紗……

揚：小彬，別這麽神經了，快給媽媽把拖鞋拿來，媽媽累了！

君：（滿意的笑着）讓她發神經吧！我這小天才會前途無量呢？

揚：呵！彬呵！鐘神父說，下次你再不去教堂，他不願意替你祈禱了？他要否認你這個女兒了！

彬：那有什麽了不起！反正也用不着給我施洗了！

揚：快去拿拖鞋吧，彬彬以後要把這種「大言不慚」的毛病改一改才好！（彬跑開）芷君，喝杯水吧！

君：你也把衣裳寬寬，放鬆一下！呵！今天走的眞累！

揚：下次還是坐車回來，省那麽幾塊錢，累成這樣，得不償失。

君：我們現在的日子不能不從小處計算，積少成多，以後彬彬的油泥顏料，都得化不少錢去購置，現在我們吃點苦，彬彬就可以出人頭地不致於半途而廢。

揚：下學期少兼幾堂課，你的身體支撐不下來呀！

君：德揚，彬彬是個天才，我要把我的失敗造成彬彬的成功！我默默無聞一世就算了，我不能讓我的孩子也這麼毫無生息的了結一生！你懂我的心意嗎？

揚：她是不是那樣的材料呵？

君：不管她是不是，只要有一點希望，我們都應該盡力去幫助她完成！

揚：芷君，假如她是我們自己的孩子，我看你的老命都得賠上了！

君：哈，現在也差不多賠上一半了！時間眞快，轉眼十多年了！今天神父還問起彬彬十六歲的生日怎麼過？我說像我們這種家庭，頂多還不是買個大蛋糕，做幾個菜，在家裏談談，還能有什麼活動？

揚：鍾神父很關心彬彬。

君：（低聲）彬彬來的時候是請他施洗的，那時候你在前方，一切的事他都清楚……

揚：從教堂出來的時候，大個兒老梅拉着告訴我，他聽她女兒說彬彬有一次在學校和同學打架，爲了那個同學罵她是養女——

君：噓！別說了！（聽）彬彬是你在門口嗎？拖鞋取來沒有？

揚：彬彬！怎麼把拖鞋放在客廳門口兒！彬彬！

吳：太太！吃飯吧！我剛才看見小彬開大門跑出去！

揚：吃飯了又出去做什麼？怪孩子！

君：我們剛才的話，不是叫她聽到了？

吳：先吃飯吧！一會兒菜都凉了。

君：德揚，你去看看吧！這孩子心眼多，心裏做事，不曉得又想什麼了！

揚：唉！我已經餓壞了！又得去找她！

君：找到彬彬，一塊回來吃不好嗎？我等你！不是我這兩條腿痛，我就自己去找她了！

吳：太太讓先生吃了飯去吧！一星期回一次家，還不能吃頓舒服飯！小彬不會跑遠的，頂多在她同學家。

君：今天星期天，還是找回來一塊吃的好！德揚！再去一次吧！

揚：唉！好！我去！（遠）

吳：太太！你就先吃吧！

君：不！我等彬彬！

吳：太太，為這個孩子你也別太操心，人大心大，我看……

君：吳媽！你說什麼？彬彬是我的女兒呵！

吳：（無可奈何的）是！是！我不說！唉！這個小丫頭就喜歡在結骨眼兒上找麻煩！吃飯了，她又跑了！眞是！大禮拜天的就等，等（嘮叨着）唉！等吧！

——音樂——

君：啊！彬彬你可回來啦！把媽給急死了，德揚，彬彬回來啦！吳媽，快去準備洗澡水，彬彬呵，這兩天你去那兒啦！

揚：彬彬回來啦！你怎麼不回家呢？

吳：小彬回來啦？瞧瞧你這兩天在那兒躲着？我們把高雄都找遍了也不見你的人影！

君：彬彬！你累得這個樣兒，喝點水，快坐下休息！

揚：這兩天在誰家住的？你看，為你過生日準備的大蛋糕，還擺在這兒呢？出去玩把生日也忘了？

君：把獻給媽的塑像也不管啦！我替你把耳朶和頭紗都加好了，小藝術家看看滿意否？

吳：小彬彬，我去給你準備洗澡水，聞聞都臭了，這下可不能罵我臭了吧！（走着遠去）

君：彬彬有什麼心事說吧！別悶在心裏！

揚：兩天不見，彬彬顯得大了，你說是吧？

（稍停）

彬：媽！我有句話，不知該不該問你！

君：有什麼懷疑的都可問我，什麼話？

彬：還是一句老話……我是不是你的女兒？

君：呵，你懷疑嗎？

揚：你怎麼問這種話，你媽對你這麼好，還會錯了嗎？

彬：媽！人家說！我是你們收養的孩子是嗎？

君：要是我回答不是，你信嗎？你信媽的話，還是信外人的話？

揚：你要和你媽算賬嗎？

彬：（大聲）我要明白我是誰的孩子！這樣不明不白的我受不了！

君：你有什麼受不了的，是做父母的虧待了你嗎？

彬：在學校裏，每次我看見人家在背後指指點點說話，都好像在譏笑我！笑我是孤兒，是個養女！說我是私生子！

揚：誰這樣說話？爸去找他！怎麼可以這樣破壞人家的名譽！

彬：我是私生子嗎？告訴我！

君：你是我的女兒，誰說你是私生子？從小我把你養大，那些照張不是證明嗎？

彬：人家說我是你收養的私生子，我媽是唱戲的！是嗎？

君：我就是你最好的母親，你沒有第二個媽！

彬：我不信！你騙我！

揚：彬彬，何必要把不幸的事，一定算做是自己的呢？如果是像你所說的，你明白了又有什麼好處？你不痛苦嗎？

彬：不，我要知道我是誰，我不知我是誰，我不知道我是否屬於這個家庭，我懷疑我的出生，才是痛苦的！媽！求你告訴我呀！

吳：小彬，是誰挑唆你這樣瘋的？出去兩天你爸媽沒打你就是好的，你好像還有理了！

彬：打我！他們憑什麼打我？他們又不是我的父母，我被欺騙了十六年了，乖女兒，乖女兒，都是假的！

君：你說什麼？難道我們愛你也是假的？

彬：假的！你們愛我，說的多好呀！你們是拿我當玩藝兒，你是爲了不能生育才要我，你們是爲了寂寞才收養我，這些我早就聽人家說了！

揚：胡說！

君：吳媽！把牆上的那根戒尺拿給我！

吳：太太！做什麼！

君：我要打這個忘恩負義的東西，小彬、這件事既然你已經知道了，我也不用瞞你，當時收養你是爲了同情你、也爲了安慰我們自己、你沒有父親又沒有了母親、我們不忍你這個小生命被隨便抛棄在什麼地方、也許會死掉，不過我們用盡心血養你、愛你、教你都不是假的，從小到大只要是你想要的想做的，沒有不順着你的，也許就這樣嬌縱慣了你，慣得你不明事理，任性霸道，這都是我這個做母親的太愛你的過錯……

彬：你根本不是我的母親！

君：就說我不是你的母親，這十六年來我養你，教你，難道就沒有資格被稱爲母親嗎？

彬：你自私，爲了怕我知道我媽的消息離開你，你裝的好像！

君：你說什麼？你說我假裝？母愛是不能僞裝的，小彬，過來！

揚：芷君！

吳：太太！

君：小彬！過來！我打你這個沒良心的東西！（打人聲，拉扯）

彬：你打我！打人家的孩子，你有良心嗎？什麼母親！騙人！騙人！（塑像被打碎）我不要替母親塑什麼像！你打我！我打碎你這個醜像！

揚：小彬！住手！你把母親的塑像砸碎了！

吳：住手！太太！

君：小彬！這根戒天，是從你進到這個家裏來就做好，要教育你的，可是從來沒用過！就因爲你是個失掉母親的孩子，今天！今天我用的太晚了！（哭）太晚了！

揚：芷君！保重身體，和這種孩子犯不上生這麼大氣！

吳：小彬呵！你傷透你媽媽的心了！

彬：（哭）她爲什麼打我嗎？她爲什麼不告訴我嗎？

君：好！吳媽！現在什麼都用不着隱瞞了，你告訴她，告訴她是怎麼回事吧！

吳：太太！

君：說吧！說清楚了倒好，免得以後更麻煩！

揚：芷君！唉！

吳：小彬！你一定想知道這件事，我也只好說了！……

——一小段音樂——

白：哎！

吳：是啦！白小姐！請客廳裏坐，太太身體不大好，睡的早。

君：噢！你請她在客廳坐一坐！我就來！

吳：（低聲）太太！來啦！送來啦！

（忽然嬰兒哭聲）

白：（哄小孩聲）

吳：小東西哭啦！是不是電燈太亮不習慣？

白：不是，我的奶水不够，她吃不飽就哭！

吳：來到這兒就好啦！我們太太已經預備不少聽奶粉啦！什麼小衣小帽啦，舖的、蓋的，可花了不少錢呢？

白：你們家先生在不在家？

吳：他住在團部裏，一星期回一次家，不能讓他知道先收養了再說，因為太太身體弱，他不贊成收養孩子！

白：吳媽！這次多虧了你，不然我眞要去尋死了！

吳：你也是不得已！一個姑娘家，不明不白生個孩子怎麽帶呀！你放心交給我們太太是再好也沒有啦！她待人忠厚，決不會虧待你女兒！

白：這就看小彬彬的福氣了！

吳：孩子叫彬彬？

白：因為我的本名叫雲彬，所以就叫她彬彬！

吳：叫起來倒很順嘴的，呵，太太來了！太太，這就是白玲白小姐，在劇隊裏演話劇的那個……

白：祁太太！

君：呵！請坐請坐，眞對不起，讓你久等了！

白：眞對不起，我晚上來打擾你，因為白天帶孩子來不方便……

君：呵！我知道！小孩子睡着啦！白小姐，本來我這個家，是不允許我收養一個孩子的，我身體壞，又要畫，又要塑像，又要教書，一天忙到晚，我先生在軍隊裏做事，公事又忙，可是吳媽說起你的遭遇，我很同情你，再一想呢？家裏有個小孩子也可解解悶兒——

白：是的，祁太太，眞謝謝你幫我的忙，我做錯了事，連累的孩子（哭）——

君：一個人誰能不做錯事呢？要是我收養了你的女兒，而能幫助你不再錯下去，我這份心也算是沒白費，我一定會好好教養你的女兒的，起名字沒有？

白：叫彬彬！文質彬彬的彬字。

君：好！音字都很好，就叫這個名字吧！瞧！這小東西睡着覺還笑呢？彬彬呵！以後就是我的女兒了！（笑）

吳：小彬彬有你這麽個好母親是她的造化！

白：我眞羞愧，我這個母親不能養她！家裏不要我，進劇隊裏的條件，是我不能帶孩子——（哭）

君：別哭了，白小姐，事情已經這樣啦，哭也無濟於事，以後對於情感上的事，要謹慎處理，「一失足成千古恨」，這句古話，一點也沒錯。

白：是的，我一定聽祁太太的話。

君：這兒送你一千塊錢，這並不表示你賣孩子，是給你的路費，再多我也拿不出來，我看我們也不要立什麽契約，吳媽就是證人，因爲在你我，在孩子間，這是個秘密，爲了將來孩子的幸福，我們必須守住這個秘密，你贊成嗎？

白：一切都聽你的，只是，以後我能不能來——

君：白小姐，以後你決不能來看她，這不是我心狠，而是爲了孩子心理上的寧靜，否則就會毀了她，你以後不要和我斷了消息，也許我會幫助你——

吳：白小姐，就這樣好啦，我擔保太太不會虧待你的女兒的。

君：你明天就離開高雄是不？

白：是的，（哭）彬彬，我的彬彬，媽對不起你——

吳：把孩子給我吧，別哭啦！以後保養保養身子，打扮打扮你還是個大美人兒呢？混個好丈夫，就什麼都好了。

（嬰兒哭）

君：彬彬！別哭，讓這個媽媽抱抱；（稍一哄，嬰兒啼聲止）呵，彬彬和我有緣，不哭啦，眞乖，呦，糟糕，尿了我一身；快，吳媽！

吳：（笑）這才叫有緣啦，太太，以後你就乾淨不了啦！

君：以後，你也別想淸閑啦！天天洗尿片子吧！小彬彬，以後要拍吳奶奶的馬屁呵，否則她可會打人呵！

吳：瞧太太您眞會損人呵！

君：可是你打我的女兒，我就會打你，我保護你，彬彬！（笑）

吳：瞧太太樂的，這叫中年有子，可成了寶貝蛋了！（笑）

白：呵，彬彬！（哭）

——一小段音樂——

君：彬彬，這都是事實，吳媽做證，這是你媽媽的地址，要去找她，或者留下來，都隨你自己選擇，我絕不勉強你！

彬：（哭）我要找我媽！

揚：讓她走，讓她去找她媽，你在這個家裏，和我們共同生活了十六年，竟一點感情都沒有嗎？你媽爲了你病，放棄了去外國學習的機會，到現在頭髮都白了，你一點都無動於衷嗎？你的良心在那裏？你有良心嗎？小彬，你說！

吳：先生，不要發這麽大脾氣，小彬要怎麽樣就叫她去好啦！

君：德揚，不要生這麽大氣，你看我現在不是很安靜嗎？

揚：芷君，我替你叫屈呀，犧牲了你自己，有什麽代價？

君：我不要什麽代價，我盡了一個做母親的責任就是了。

吳：小彬，還不趕快向你媽賠不是，說錯了。

揚：怎麽樣？還堅持去找你那個媽嗎？

彬：爸爸，我要去看看她！

揚：去！誰是你爸爸，這是路費，這是地址，趕快滾，沒良心的東西。

君：德揚，德揚，她是個孩子呵！

揚：走哇，快滾！

彬：爸爸，媽媽，我走了！（跑出）

君：彬彬！彬彬！呵！

吳：太太！太太！

揚：芷君！芷君！

——音樂——

——雨聲——

——敲門聲——

男聲：誰叫門？

彬：（膽怯的）是我！請開開門！

聲：（開門聲）你找誰呀！

彬：（我——我——請問——

聲：你找那一個？快說，我可不能陪着你在門口淋雨！

彬：請問——這兒有位白太太嗎？

聲：我們這兒只有一位白小姐可沒白太太！

彬：呵！我是找白玲，白玲小姐！

聲：你那兒來的？

彬：高雄！

聲：（向內喊）白玲，有個小姑娘找你！

白：是不是老胖來啦！

聲：不是你的老胖，是個小妞呀！喂！你跟我進來（關門）

（麻將牌聲近）

（男女嘻笑聲）

聲：喂！白玲，看看認識嗎？

白：是誰呀！

彬：媽！——我是你的——

白：誰是你媽？胡說！

男女起鬨聲：白玲什麼時候生女兒啦？剛做了玉女明星，要有這麼大女兒可就笑話啦！

白：你們少胡說，說不定這又是詐騙人的，現在世道改啦！連小孩子也會騙人啦！

彬：我不是騙子，我是你的——

白：你從那裏來的？

彬：高雄！

白：高雄！高雄——

聲：想起來了嗎？白玲，是在那兒生的私生子呵！

白：你們少胡說，這個要是叫老胖聽見，我就去不了香港啦？我問你，在高雄你有家嗎？

彬：有！

白：有母親嗎？

彬：有一個母親，可是——

白：你們聽見嗎？她自己有家，有母親却跑到這兒來認媽，這不是神經病嗎？你叫什麽？

彬：彬彬！

白：呵！彬彬！彬彬！哈！你這個名字很漂亮呵，誰給你取的。

彬：我——不知道！

聲：不認識就讓她走啦，你還囉嗦什麽？

白：這小女孩說不定是受什麽刺激跑出來的，我要問問她，呵！我想起來啦！是住高雄鄰居家的孩子！說不定，我到香港就演這麽個戲呢？這也是找經驗呵，你們打牌吧！小劉，老胖來了，讓他在客廳裏等我，來，你跟我到臥室裏來。

聲：快來，別磨菇，我替你一下就得走的！

白：談一會兒就好了！來！

（脚步！關門聲）（倒水聲）

白：給你一塊毛巾，擦擦頭髮，你都淋濕了！

彬：謝謝，我能不能問你——

白：問吧，這兒沒有人，你盡可以問！

彬：你是白玲，你就是我的親媽、是嗎？在我兩個月的時候，你就把我送了人？

白：（深沉的）是的！

彬：呵！媽！（哭）

白：孩子！

彬：媽！你怎麽一下就會認識我？

白：我有你的照片，你的芷君母親每年寄給我一張你的照片，所以你一進門，我就認出來你是彬彬！

彬：她寄我的照片給你？爲什麽？

白：爲了我想你！可是我的職業不允許我去看你，也不能讓你知道我的存在，那會影響你和我的前途的，雖然，我做夢都會夢到你來找我，可是我又眞怕你來找我！

彬：爲什麼？

白：一個想往高桿爬的女明星，是不能讓個孩子累贅着的！

彬：我是你的女兒，不是你的累贅呵！

白：你要是在我身邊，我總不能不管你——

彬：送給別人就可以不負母親的責任了嗎？

白：彬彬，我當時是萬不得已呀！

彬：有什麼萬不得已，狠心把自己剛生兩個月的女兒送給別人？

白：唉！彬彬，你願意做一個沒父親的私生子嗎？當時那個男人騙取了我的貞操走了，我怎麼辦？家裏趕我出來，我要生活，我要跟着劇隊演戲，我怎麼能帶個吃奶的孩子？

彬：所以，爲了你自己的前途，你就把我丟了！

白：我沒有忘你，我換一個地址，就寫給祁太太一封信，她每年寄一張你的照片，並把你的一切詳細的情形告訴我——祁太太眞是一個好母親，她瞭解一個母親的心情，除了她不允許我去看你，你的一切她都不隱瞞的！

彬：那有什麼用呢？在祁家，我是個外人，我是個被母親遺棄的孩子！

白：彬彬！原諒媽，媽不能給你一個健全的家庭。

彬：現在可以給我了嗎？我長大了，不會累贅你了！

白：現在？

彬：是呵！媽！不管你怎麼樣吃苦，我都會跟着你，你不知道那種滋味，自從我知道芷君不是我的親媽以後，你不曉得我多羞恥，我不明白我的身世，不知道我的親人在那兒，一天也不能再在祁家待下去，雖然我感激芷君媽媽對我的培植，可是我忍受不住，我一定得找到你才甘心！媽！留下我吧！我現在來了——

白：彬彬！我不能！

彬：呵？你不能？爲什麼？

白：彬彬！老實告訴你，媽下個月就去香港了，熬了這麼多年，剛剛有了一點希望，有了你，我可能就去不成了。

彬：那就留在臺灣，有我陪着你！

白：彬彬，生活是現實的呀！媽吃了這麼多年的苦，一旦有機會我怎麼能放棄？到香港能混得出頭，賺點錢，我要好好的享受享受！

彬：媽，在你的生活裏，就認識錢和享受嗎？

白：媽快老了，再不抓住機會享受，要等到死嗎？以後我可以寄錢給你化，寄新衣裳給你！

彬：媽，我要的不是你的錢和新衣裳！

白：那你要什麽？再給我點支烟。

（點烟）

白：彬彬，今天在這兒暫住一夜，明天就回祁家去，什麽也不要說，就說沒找到我，祁太太是個好人，千萬不要傷她的心，你跑出來她知道嗎？

彬：知道！

白：等會有個胖先生來，千萬不要說你是我的女兒，就說你是從前鄰居的女兒，到臺北來，順便來看看我！

彬：你怕那個胖先生嗎？他是你的什麽人？

白：媽不是怕她，這次去香港全是他的力量，這個家，也是他的錢弄成的，有些地方，媽不能不有點顧忌——能靠上個有錢的男人也眞不容易。

彬：媽，你不敢承認我是你的女兒嗎？

白：彬彬，因爲你是——

彬：因爲我是私生子是不是？因爲有了我你不名譽是不？

白：彬彬，別怪媽！媽是不得已——

彬：當時你和那個男人好的時候，也是不得已嗎？你們生了我，你們爲什麼不管我？

白：彬彬，你再這麼大聲嚷，我就打你了。

彬：你憑什麼？你只生我，你不教我，你不養我，你不愛我，你憑什麼？

白：（拍一個耳光）我是你媽，我就打得你！

（彬瘋枉的哭起來，人聲）

聲：怎麼囘事？

聲：老胖囘來啦？

聲：我的小白玲，鬧什麼呀！

白：胖胖囘來啦！我正想你啦（笑）

聲：這小女孩是誰呀！

彬：呵！母親，我錯了！（跑出去）

白：彬彬！彬彬！

聲：怎麼囘事？

白：（若無其事的）是從前鄰居的孩子，和她母親鬬氣跑出來的，想在我這兒住一夜，現在的孩子可眞任性，父母都管不住的，走了就算了，這種孩子沒有也無所謂，呵，胖胖，香港的入境證該寄到了吧！眞等得煩死人了？

胖：煩什麽？有我陪你還煩？準保你去得了香港不就得了，我的小白玲！

玲：哎呀，別理我，人家心裏煩死了。

聲：來吧！少奶奶！來繼續我們的牌局，人家的孩子你煩什麽？

衆聲：來來，快點！

（牌聲）

——音樂——

——紙張聲——

彬：（讀報）（德揚聲）「尋人啓事」：彬彬，你母親想你想病了，請看在我們養育你十六年的情份上，回來吧！孩子，我們要你，德揚」（哭）我對不起媽媽和爸爸，我太自私了，唉！我怎麽有臉回去？我回去說什麽？我傷了媽媽的心，怎麽辦，媽，原諒我吧，我是無知的呀，不行，我一定得回去，媽看見我回去，她的病就會好的！我一錯不能再錯，媽，等我，聖母保佑你，我就回到你身邊來了！唉，我現在才明白，母親的愛是什麽？那就是寬大，容忍，和流不盡的眼淚呀！呵，我的母親！

——音樂——

——劇終——

釵頭鳳

釵頭鳳

報幕：各位聽衆！在這節廣播劇裏，要向各位演播南宋詩人陸游的一段故事——陸游：字務觀，號放翁，是宋代著名的愛國詩人，才華很高。但因爲生性豪放坦直，很遭人忌刻以致一生官運不佳。其作品有「渭南文集」，「劍南詩稾」等。死於嘉定二年，享年八十五歲。他臨死還念念不忘國家，「死去原知萬事空，但悲不見九州同，王師北定中原日，家祭勿忘告乃翁」。這首絕句是每個人都很熟悉的。

在這裏我們所演播的，只是陸放翁愛情上的一段故事，也就是「釵頭鳳」這首詞的來源，不過，也正可以看出這位詩人感情的眞摯百折不回，終生不變，這才是眞正崇高的，值得歌頌的愛情。

（第一聲鑼）

報幕——釵頭鳳——音樂——

釵頭鳳是由　崔小萍　改編　導演

李林　配音

趙剛　白茜如　報幕

主題歌作曲是由楊秉忠先生擔任。

獨唱是由白銀小姐擔任。

釵頭鳳主題歌

C調 4/4

作曲・伴奏：楊秉忠
獨　　唱：白　銀

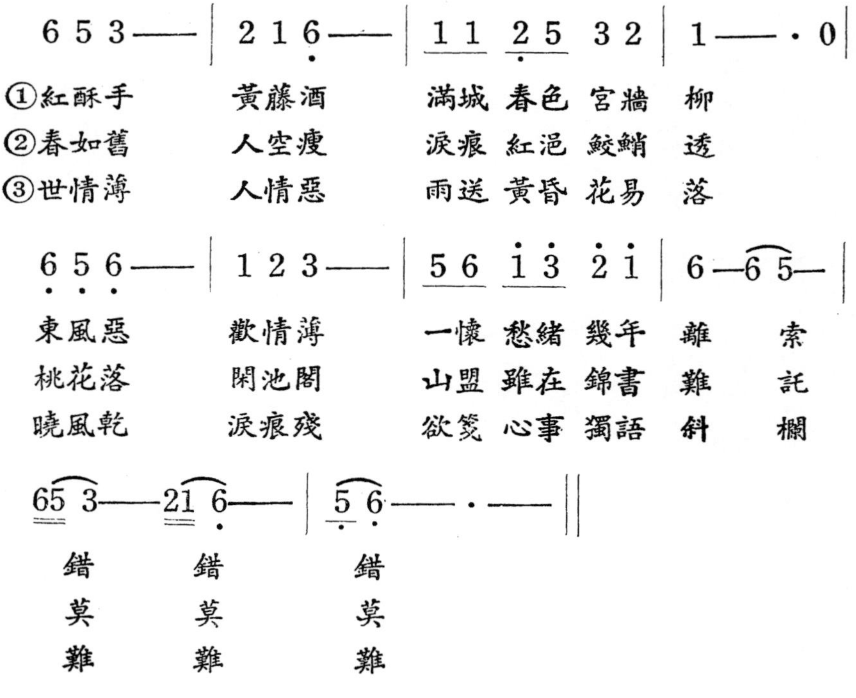

653—— | 216—— | 11 25 32 | 1——・0 |

①紅酥手　黃藤酒　滿城春色宮牆柳
②春如舊　人空瘦　淚痕紅浥鮫綃透
③世情薄　人情惡　雨送黃昏花易落

656—— | 123—— | 56 13 21 | 6—65— |

東風惡　歡情薄　一懷愁緒幾年離索
桃花落　閑池閣　山盟雖在錦書難託
曉風乾　淚痕殘　欲箋心事獨語斜欄

65 3——21 6—— | 56——・—— ||

錯　錯　錯
莫　莫　莫
難　難　難

人　物：

陸　游——號放翁，南宋著名詩人。
唐蕙仙——陸游的表妹。
陸　母——陸游的母親。
靜茵師太——某尼姑庵的主持。
趙世誠——陸游的同學，廿年後成爲蕙仙的丈夫。
沈　年——沈園的老管家（從中年到老年）
男游客
女游客

（第二聲鑼）

——音樂——

報幕：這是南宋慶元四年的初春時節，在荒廢的山陰沈氏南園；本來在它主人興盛的時候，它也曾百花盛放、吸引過多少遊人，可是現在，却幾經戰亂，人事滄桑；如今是小橋頹倒，野草蔓生，當年放翁陸游題「釵頭鳳」那首名詞的滴翠亭；現在也是蛛網牽絲、罩滿了塵灰了。一抹斜陽，無力的照射着園中東倒西歪的石桌石凳。

突然間，一對年青男女的笑語，劃破了這荒園日暮的沉寂。

（第三聲鑼）

男：喂喂！你進來呀！我告訴你這兒是有亭臺之勝的！

女：什麼呀！跑這麼遠，來看這麼個東倒西歪的荒園子！

男：你仔細看看呀！這小橋，這流水，這一帶花墻，還有這棵花蕾滿枝的老紅梅，在這夕陽西下的時候，不是足以叫人留戀嗎？

女：你我倒沒那麼有雅興！天快黑了、還是回去吧！……你找什麼？呵！你聽見我說話沒有？

男：別吵！我在找一首詞！我聽說他是在這兒寫過一首詞的。

女：誰的詞寫在這兒？

男：陸放翁！

女：陸放翁？本朝的大詩人，他怎麼有詞題在這兒呢？

男：我先問你，你知道「釵頭鳳」的牌名嗎？

女：知道呵！

男：這正是一首調寄「釵頭鳳」的詞，其中還包含着放翁年青時的一段傷心恨事呢！

女：哦！眞的？那倒要找出來看看是怎麼寫的！

男：你現在不嚷着回去了吧！我今天約你來看沈園倒在其次；主要的是來找這首詞。

女：我看不容易找得到，年代遠了，風吹雨打的早就剝落完了！

男：這是有名的古蹟，園主一定會保存好的，來來！我們再到那邊看看！（脚步聲）

女：（輕聲的）喂喂！等等，你看那邊來了個白髮老先生，問問他也許會知道，省得我們這麼毫無頭緒的亂找。

男：也好！（稍停）別叫他，你聽他一個人在唸什麼？

（脚步，「釵頭鳳」主題歌 Melody）

翁：（低低的）想來；又怕來。怕來；又爲什麼走了來？唉！（吟）「路近城南已怕行，沈家園裏更傷情，香穿客袂梅花在……梅花依然無恙、那一同看花的人呢？……四十年來，夢斷香消：（自嘲似的）七十多歲了，該入稽山做土了吧？還懷着這樣的心情，重來這舊遊之地，憑吊，感慨，不能自已！這花園，這滴翠亭……唉！眞是，「壞壁舊題塵漠漠，斷雲幽夢事茫茫」！

女：（輕輕的）你看他好像很傷心呢？

男：眞怪！別說話，你看又來了一個老頭子！

園丁：喂！要關園門啦！裏邊的客人快出來！要落鎖啦！怎麼沒人？我明明看見一男一女進來的呀！

翁：沈年。

園丁：啊！誰？噢！您呀！你這位老神仙好啊！我想着您這幾天該來啦！

翁：唔！要來的！我要來看看這梅花！這園子，也來看看你！

園丁：（聽不淸似的）啊！你說什麼？

男：（低聲地）這眞是一幅畫！

女：（也低聲地）一幅現成的荒園二老圖！

翁：我說「也來看看你」！

園丁：啊！那可不敢當！老神仙，您眞愈過愈康健哪！你今年是七十……

翁：七十四了！老管家，現在的園主是姓什麼？

園丁：姓汪！換了幾個主啦！當年沈爺在的時候，您那一天不來一兩回啊！飲酒，賦詩，看花下棋，談論國家大事，可是現在什麼都變啦！

翁：唉：也不過五十年吧！這山陰有名的沈園就這樣頹敗了！唉！不談這個，老管家，你那位老三，最近有信息嗎？

園丁：唉！有，告訴您我那個十八歲的孫子，也學他爸爸的樣投軍去啦！臨走的時候，還對我說：「等打退了金兵，同爸爸一塊回來伺候您老人家過一百歲」呢？

翁：好啊！老管家，你有這樣的兒孫，也是可自慰啦！大宋朝全靠你兒孫這樣的人來保衛，我們大宋朝才有希望！我們老雖然老，可是我還能等，年過七十，生死早已置之度外，如果不讓我親眼看見這一統九州的日子，那我是死不瞑目的（稍停）啊！老管家，我曾胡湊了幾句詩，唸出來讓你聽聽。

園丁：（笑）好好！反正我是……

翁：（吟）死去原知萬事空，但悲不見九州同，王師北定中原日，家祭毋忘告乃翁！

園丁：（認眞的）你彈得好！彈得好！

翁：（不明白）什麽？彈什麽呀！

園丁：老神仙，對我這目不識丁的人唸詩，那不是「對牛彈琴」嗎？（二人大笑）

男：（不能忍耐的）兩位老人家，冒昧的很，能不能告訴我們，您……

翁：（忽然發現）啊？你們兩位……剛才和老管家信口胡說請別見笑。

園丁：你們兩位在那兒躲着呀！要關園門啦！你們還不走？

男：對不起，我們是訪問古蹟來的，找了半天也沒找到，不知您這一位老人家，是不是可以告訴我們？

翁：什麽古蹟？我們知道的，當然可以告訴你。

男：就是這兒的一首詞。

女：叫「釵頭鳳」的！

翁：（刺痛似的）啊？釵……頭……鳳？

園丁：（明白的）哎呀！你們找那個呀！來來，我帶你們去看！

翁：（阻止的）老管家！二位可知道這首詞是誰做的嗎？

男：那誰不知道？是我朝大詩人陸放翁做的。

翁：這首詩是寫的什麼？

男：聽說是陸放翁年青時候的一段傷心恨事，可是詞意很含蓄，知道的不詳細，今天幸遇您老先生，您能告訴我們這首詞的故事嗎？

翁：（推諉的）我怎麼會知道。

女：老先生博聞廣見，剛才聽您唸詩，我們就領教了，求您說給我們聽聽好嗎？既然這首詞，是代表一段傷心恨事，那正應該說出來，讓普天下的傷心人也好同聲一哭呀！

翁：（猶疑的）這！唉！還是不說的好……

園丁：（低低的）老神仙，簡單的說一點吧！免得讓這兩個孩子空跑一趟，天也快黑了。

男女：老先生，忍心讓我們入寶山空手而回嗎？

翁：（沉吟的）……好吧！就我所知，就簡單的給兩位講一點！

男女：（感激的）謝謝您！

翁：二位問的這首詞的產生，就是在我朝紹興年間，那正是金兵南犯，汴京失守，吾主倉皇南渡，遷都臨安，我朝田宗留守戰死，起用了韓靳王岳少保等名將，重與金兵作戰，在黃天蕩一仗，殺得金兵棄甲曳兵而走，我軍士氣大盛，又在河南郾城附近破了金兵拐子馬，直追到朱仙鎭。想一鼓足氣，直搗黃龍府，一洗二聖被擄之恥，可是沒想到……

男女：沒想到什麼？

翁：沒想到當朝奸相秦檜，一日連發十二道金牌，將岳飛父子召回臨安，陷進大牢，從此金兵再猖獗起來，所到之處廬舍爲墟，……就是在這兵荒馬亂，人民流離失所的時候，這首「釵頭鳳」的故事就發生了……

（國樂）——烏鳴——（木魚聲隱約可聞）

蕙：表哥！您早呀，姑媽叫我給您送來一碗燕窩，趁熱吃了吧！

陸：蕙妹妹早！謝謝您，怎麼不叫燕春送來？

蕙：我怕燕春打擾你讀書，所以我……

陸：眞是的，你剛到山陰兩天，就伺候起我來啦，你還是像十年前一樣的關心我，那時候我們倆還小呢！我跟媽逃難住在舅舅家裏……

蕙：（難爲情的）表哥，快吃吧！涼啦！

陸：千里迢迢的，我做夢也想不到你會到山陰來，所以，前天，狄英爺把你領着給媽磕頭的時候，你沒注意，我都楞住啦！

蕙：唉！不是爸爸死了，繼母不容我，我這一輩子是到不了山陰的，來不了山陰，那就見不着姑媽，見不着……

陸：也就見不到陸表哥了！

蕙：是呀！記得爸爸臨死的時候，就提醒我說：萬一日子不好過，就到山陰去找你姑媽吧！那是你唯一的親人了，再說，你和你表哥……

陸：和表哥是天生的一對，地生的一雙……對吧！

蕙：呸！表哥！你怎麼啦！老拿人家開玩笑，我不和你玩啦！快吃吧！你嚐嚐甜不甜？糖是不是放少啦！

陸：（誇張的）啊！甜，甜極啦！就是不放糖也够甜了！

蕙：表哥，你眞壞！我走了！

陸：蕙妹妹！我不說了！你千萬別走！

蕙：表哥！以後別亂說好不！叫人多難爲情！

陸：別生氣，蕙妹妹！你不知道我一看見你是多高興，所以話就說起來沒完啦！在這個山陰小城裏眞悶死人啦！有誰可以推心置腹的坦坦白白的談談？同學們吧！聚在一起就是牢騷滿腹，媽媽呢！整天和些三姑六婆們交往，她也不瞭解做兒子的心，整天就是催着我唸書唸書！好升官發財！再說時局又是這麼壞，金兵到處的殺人放火，弄得生民塗炭，民不聊生。你想這種日子怎麼過？蕙妹妹！你來了兩天，在這兩天裏，我心裏……

蕙：表哥，我知道，我懂，我也是一樣，爹媽死了以後，除了你和姑媽，我是一個親人都沒有了，從來到山陰以後，我又嚐到了人生的溫暖，又有了生趣，現在我惟一盼望的，就是能讓我平安的和你們住在一起，再別發生什麼不幸的事，不然我的「命」就太苦啦……

陸：蕙妹，放心吧！再不會發生不幸了，以後這個家就是你的家！媽和我，都會叫你快活的！你相信媽！（忽然）啊蕙妹，？媽給你說起沒有？

蕙：什麼？

陸：我們的……

蕙：我們的？（羞澀的）沒說……表哥，你快寫你的文章吧！我不打擾你啦！

陸：蕙妹妹，別走嗎！我不再問你好吧？陪我坐一會，交鮑老師的一篇文章，很快就寫好了！

蕙：好，你寫吧！我陪你也翻翻書看，多少年都沒靜靜的讀過書了！

陸：（稍停）蕙妹，

蕙：嗯？

陸：這書桌上的花是你擺的？

蕙：嗯？好嗎？

陸：好！

蕙：香味俗一點，我挺喜歡它的名字，

陸：叫什麼？

蕙：叫「斷腸紅」，

陸：（驚心的）斷腸紅，不好，爲什麼叫「斷腸」呢？太慘了，不好改做「相思紅」，斷腸和相思是一樣的意思，可是「相思」，叫人聽起來不那麼難過！

蕙「相思紅」？

陸：嗳！「相思紅」。

——國樂——

陸：蕙妹！

蕙：嗯！

陸：我給你看一樣東西。

蕙：什麼？

陸：你猜什麼？

蕙：我不猜，我要看！

陸：不，你先猜。

蕙：不，我先看。

陸：不成！不成！猜了再看，（二人追逐）

陸：好，給你看，這是送給「你」的！

蕙：呵，鳳釵鳳釵，眞好看，你買的？

陸：不是，祖上傳下來的，

蕙：姑媽叫你送給我的？

陸：媽還不知道。

蕙：那我不能要。

陸：這鳳釵早晚都是你的東西，現在你來了還放在我這兒幹什麼？

蕙：可是姑媽還沒答應我們。

陸：我「一個」人答應就全部都答應了！

蕙：（羞）表哥，你！

母：（自遠而近）哎呀！我說你這個孩子跑到那兒去啦，原來在這兒！

陸：（低聲）媽來了，把鳳釵收起來！媽！

蕙：姑媽！

母：怎麼啦！你們倆這麼躲躲藏藏的？

蕙：（老實的）姑媽，表哥說——

陸：沒有什麼，從窗戶裏飛過來一隻蝴蝶，蕙妹讓我給她逮！

母：什麼樣的蝴蝶呀！給我看看！

蕙：那是……你問表哥！

陸：呵，蝴蝶呀，是個紅的，又飛啦！

母：（噗哧笑了）蕙姑娘，你看你表哥，這麼大還像個孩子，

蕙：姑媽！表哥已經是山陰有名的才子啦，老拿我們鄉下人開玩笑，您也……

陸：哎哎！怎麼啦？在媽面前告我的狀，小心，以後我不陪你，不理你，不管你，還是讓狄爺帶你回家吧！

蕙：（要哭似的）表哥，你，姑媽，——

母：游兒，還不向你表妹陪不是！好啦，蕙姑娘別難過，你表哥逗你玩的，你看，幸虧沒把你倆正式提在一起，要不然還不整天打架啦！

蕙：姑媽，您也……

陸：蕙妹妹！別生氣，我哄你玩的，別流淚了好吧，你看你，你再哭，我也……

母：唉，你們這倆孩子，來來，我跟你們有正經話說。

陸：聽媽吩咐，

母：這話說起來就長啦，還記得吧，游兒？那年逃難，住在你舅舅家裏，那時候你舅母還在，蕙仙的媽看你倆的年齡相彷彿就有意把你們撮合成一對兒，後來，你舅母去世，舅舅娶了塡房，是非就多了，蕙仙！現在你總算到了我這兒，我哥哥就剩下你這麼一點骨血，不管怎麼說，我是你的親姑媽，凡事我都得替你想到，你也大了，男大當婚，女大當嫁，要是躭誤了，你會埋怨你姑媽一輩子的，我是你的親人，也可以替你做主，你說是不是？

蕙：是，全憑姑媽做主，

母：我記得游兒比你大三個月……

蕙：我不知道，
陸：那沒關係；
（同時）

母：好，（慢慢的）現在有一家人家來提親，只要八字沒有沖尅，我想；——

蕙：姑媽，你不是說………
陸：什麼？媽！你怎麼………
（同時）

母：爲什麼大驚小怪的？蕙仙，你是幾時生辰呀！

蕙：姑媽，我不，……好姑媽，我求你，我願意伺候你一輩子！別叫我……，可憐我吧，姑媽！（哭）

母：不嫁人？那怎麼可以。

陸：媽，你從前和我說的，……怎麼又變啦！

母：不關你的事，蕙仙！不嫁人哪？嗯？

蕙：不，一輩子不嫁人！

母：不後悔？

蕙：不後悔！

陸：媽，你可憐蕙妹妹……，

母：你別管，蕙仙！我問你，要是這個人姓陸的話！……

蕙：也姓陸？

母：姓陸就姓陸，什麼也姓陸？

陸：媽，這個人叫陸游；

母：眞不害羞，蕙姑娘，我是拿你姑媽的身份給我兒子提親來啦，唉，你不答應有什麼辦法？

蕙：（急）姑媽，我說，我……

母：（笑）看你們倆孩子，我不用激將法，你們兩還一直瞞着我呢？

陸：媽，我出了一身冷汗！

蕙：姑媽，你眞狠心，還嫌我哭的不够，還逗人家……

母：好啦，這一下放心了吧，你們倆。游兒也應該用功準備應試啦！你們倆的八字找人算算沒有沖尅，這件事就這麼定啦！

陸：謝謝媽。

母：別謝啦，以後不恨媽就得了，蕙仙！不該叫我姑媽了、該叫我婆婆；

蕙：不，我什麼也不叫。

母：呵……

蕙：我叫您「媽」！

母陸：（笑）

聲：老太太，靜因師太在上房等您啦。

母：好，我就來，蕙仙，一會來我房裏，我有話告訴你，（下）

蕙：是，姑媽！

陸：蕙妹妹，剛才眞把我吓壞了，

蕙：姑媽眞是的，我想不到她老人家會開玩笑！

陸：也正因爲這樣，才看出你的眞情！

蕙：表哥，別說了，

陸：不，我要說！我要多說幾遍，這情景，在我看不厭，想不倦的，

蕙：表哥、我也——一樣，

——國樂——

母：靜茵師太，您用茶，

靜：好好，您別客氣啦，談了半天該走了，我還得到趙施主家裏去一趟，老太太，十九日觀音生日，小庵裏送子觀音開光，備了點素齋，很熱鬧的，您一定把蕙姑娘帶來，我給您請高人再把蕙姑娘的八字算一算，我給您說八字是命裏註定的，不敢不信的呀！

母：這孩子的命，就是太苦啦，從小就沒了娘，後娘不容她，要是她的八字和游兒的再合不來，唉！我眞不知道應該怎麼辦啦。

靜：老太太，這八字一定要合的，不要有什麼沖尅，啱，到我們庵裏常來的那位高太太的過門大少爺，不就爲八字沒合對，她家少爺又不信，後來嫁過門沒滿一年，他家少爺就壞了，當初我在菩薩面前求一道籤就不大好，我又不便說，不過，你們少爺是福氣人，說不定蕙姑娘也會跟着轉運的！

母：師太，您說的那位算命的先生叫什麼？眞靈嗎？

靜：叫半地仙，可靈之哪，經他算的命，到後來都是應了的，老太太，這可得愼重呀！就像您剛才告訴我的蕙姑娘的八字，我不是給您大概合了一下嗎？和你少爺的八字是有點沖尅；這不能不小心，這事不只關係他倆終身幸福，連你們祖上一家的風水都重要之哪！

母：唉！我是愛蕙姑娘的，可是我更愛游兒，如果不得已的話，那只有叫蕙姑娘受點罪了！

靜：命運是沒辦法改變的，她知書達理，一定不會怪您的；

母：好，就這麼說定，十九日那天，到貴庵去，再請師父叫那位半地仙先生來算算。

靜：好好，我替您約好他，十九那天準帶蕙姑娘來喲，上次您帶他來燒香，我們庵裏的人，個個都誇姑娘長得漂亮，可往往就是這麼命不好，這就叫「紅顏薄命」哪，好啦，我不陪您啦，蕙姑娘那邊代我捎個好！

母：好，過一天見，燕春（内應）伺候靜茵師太的轎子，我不送啦！唉，可憐的孩子怎麽長着這樣的命？一尅夫命？多可怕我決定不能讓我的游兒壞在她手裏，那得從現在起，就得把他們分開，是的，一定要分開他們……師太，請稍等，我跟您一起出去，

（國樂——轉「釵頭鳳」主題歌）

陸：（脚步）唉，唉，不談！

蕙：表哥，別苦悶了，時事是這樣，有什麽辦法？您是達人，正該看開點！

陸：人總是人，有血、有肉，有心，有肝，事情發生怎麼能不想？蕙妹，別再離開了，看我一個人多寂寞！

蕙：嗯！

陸：媽回來了沒有？

蕙：回來了，好像很不高興似的，

陸：媽總喜歡和那些三姑六婆來往，看吧，說不定有什麼事就會壞在她們這般人手上！

蕙：表哥，別說了，媽來了，（歡喜的）媽，你還沒睡？

陸：媽！

母：蕙仙，你以後還是叫我「姑媽」吧，（起更，更梆響）

蕙：是，姑媽，

陸：呵？媽爲什麼？

母：蕙仙，你去替我倒杯茶，要不，你先去睡好了。

蕙：是、姑媽，

陸：蕙妹……媽你怎麼啦，你看蕙妹那種難堪的樣子；

母：沒什麼，這件事還要斟酌，

陸：什麼事？

母：別裝傻，你們的婚事？剛才我出去就是爲着這個，蕙仙的命的確太壞了！

陸：媽！命運是不可捉摸的東西，怎麽可以相信命運？

母：命運八字不是你娘一個說一個人信的呀，這是從古歷代傳下來的，你的聖賢書讀到那兒去啦！

陸：歷代的聖賢都沒有教我們相信命運，孔夫子從來不說怪力亂神，只教我們盡人事，而且，媽早上說過的，也要言而有信！

母：（仍耐着氣）人是拗不過命的、不由人不信、蕙姑娘的八字生得壞，從小尅父母，出嫁了就尅丈夫、最後還尅公婆、像這樣命的女人，誰敢娶她，就是我的姪女有了這樣的命，我爲了你、爲了你們陸家，也應該愼重，不然我怎麽對得起你們陸氏的祖先，再說早上的事，也不過是家裏人一句笑話，怎麽能做得準哪，你看你……

陸：婚姻是人生大事，非同兒戲！

母：這有什麽、又沒下聘、成婚、卽使是成了婚，要是她命不好，還可以休妻呢！

陸：休妻，命運，命運你怎麽相信它？蕙妹又沒犯七出之罪，怎麽能休妻？媽！你太迷信，你太不爲你兒子着想，媽，你別……你別……

母：（怒）跪下，你這個畜生，現在還沒娶她，你就對娘這樣，以後娶了她……

陸：媽，我是請媽別相信命運，別相信蕙表妹眞有這種命，我這樣說，也不過……我求求你……

母：（語調稍緩）游兒，從你一養下來，時亂年荒，從小父母抱了你東飄西蕩，吃苦受難，費盡多少心血才扶養你長大，原指望你得個一官半職，封蔭妻子替祖先爭光，做媽的這份心也就盡了，娘燒香求佛爲的什麽？這不是爲你好？（轉急）可是你一點也不爲娘想一想，一來就說娘迷信，再不就說娘糊塗，不管怎麽樣，這件事就算定了，以後別再提和蕙姑娘的婚事，我說一句算一句，你要是違背我的，就不要認我這個娘……

陸：媽、兒子娶不娶蕙妹沒什麽要緊，祇是我們也應該替她想一想她從小沒親娘，在後娘手裏受了多少苦，舅父去世家產被佔，一個女孩子孤苦伶仃也就可憐的了，當初要不是媽和舅父都有叫兒子娶蕙妹的意思，她現在也不會到我們家來，她要是沒這個意思，也不會收留在我們家，像早上媽明白說過親事，她一定很受感動，現在媽要是一反悔，她一個女孩子，事關終身，你叫她怎麽做人呀？希望媽要三思而行。

母：游兒，她是我的親姪女，難道我不疼她，可是，誰叫她生這種苦命。

陸：媽、相信命，她有她的命，我有我的命，如果我的命好，那她可尅不了我，要是媽太相信命，而眼看着蕙妹不幸，媽就是不替蕙妹着想，也應該替去世的舅父着想，呵、媽！求求你，再想想！

母：唉，你舅父就蕙姑娘這一個孩子，我怎麽能忍心害她？可命是注定的，我怎麽能答應有這尅夫命的姑娘嫁給我的兒子？

陸：媽，我不是說嗎，要是我的命好，她也尅不了我啊，媽，你是愛你的兒子的，難道爲愛你的兒子，而叫你兒子痛苦嗎？

母：游兒，你先站起來再說！

陸：不，媽說完了，我再起來！

母：（猶豫）唉！好吧，你表妹的八字，我再叫人去覆覆命，如果能沒大碍就算了，不然的話，你就不能怨我做娘的，你能答應？

陸：這個……好，我答應！

母：再就是，你這次應考，必須得中，不中的話，也就作罷，怎麼樣？你應該知道，這也不過是娘望子心切，要兒子早一點成名就是了，答應嗎？

陸：我……是，我答應！

母：那末日子近了，早一點動身也好，反正你現在家裏也不會用心讀書，明天我叫陸安送你？

陸：（晴天霹靂）明天走？……我還……

母：是的，明天走！早一點走不好嗎？你要是孝順媽，就別叫我生氣，答應不答應都在你。

陸：（忍痛）好！媽！

母：站起來，整理整理東西，天不早了，早點睡，明天好趕路，（忽然發現，）啊，蕙姑娘，你什麼時候進來的？

蕙：我……我……剛剛……姑媽，請喝茶！

母：怎麼？茶涼了。

蕙：啊，涼了，我再去倒一杯！

母：算了！呵，該睡了，游兒？

陸：嗯？

母：好，蕙姑娘，天不早啦，就來睡吧，！我去啦！

（音樂很短）

蕙：（輕輕地）明天走？

陸：（無力地）明天走！

蕙：早一點睡吧！

陸：表妹，就讓我這樣挨到天亮好嗎？你——晚上冷，你也可以去睡了！

蕙：（忍不住心酸淚下）你就讓我陪你到天亮吧！

陸：蕙妹，你身體弱，你……

蕙：表哥，就讓我陪你一會兒吧！我總覺得以後再也不會見到你了！

陸：蕙妹，媽說的話你都聽見啦！別難過，無論考中考不中，我就會回來的！

蕙：好，願你告捷成功，早去——早回！

陸：願我能對得起你，蕙妹！

蕙：呵？表哥，把這鳳釵拿回去吧！

陸：你這是什麼話？難道你不相信我……

蕙：我相信你，可是我的命苦，這「鳳釵」還是送給那位好命的人去吧！（哭）

陸：蕙妹，別說這個，只要你心有我，我心裏有你，那怕海枯石爛我們總不會分離的，你還要我起誓嗎？

蕙：表哥，我是個苦命人，在這個世上，沒有人愛我，疼我，祇有你，可是，我知道我命苦，我不能害你……

陸：蕙妹！不要相信命，相信我！頭可斷足可刖，天長地久，此心不變！

蕙：表哥，我也一樣……可是……

陸：蕙妹，讓我把鳳釵替你戴上。

蕙：表哥，這玉鐲是我母親留給我的，願你常戴在身邊，看見它就好像看見我一樣！

陸：蕙妹！謝謝你！

（遠處鷄啼）

陸：呵！天要亮了！「星辰依舊」！蕙妹，你可記得李商隱的那句「昨夜星辰昨夜風」的句子嗎？

蕙：嗯！

陸：你知道它的意思嗎？

蕙：嗯！

陸：你來望望天空——這才是「昨夜星辰昨夜風」，的光景啊！

蕙：表哥……（到處鷄鳴）

——音樂——

報幕：這眞是「相見時難別亦難，東風無力百花殘，春蠶到死絲方盡，臘炬成灰淚始乾」，放翁就這麼憂鬱的走了，他不敢違拗母親的固執，他再也不會想到不可捉摸的命運，竟給蕙仙帶來眞實的悲慘！

——音樂——

報幕：這是在靜茵師太的尼姑庵的客廳裏，她已等候陸太太帶蕙仙來重新算命，也正安排着一個陷阱，要看着無辜的蕙仙掉下去。

（庵中，木魚，鐘鼓聲）

母：蕙仙，你難得出來，讓妙月陪你到庵前庵後散散心，游兒走了以後，你一直是悶悶不樂的，我陪靜茵師太在這裏說話……

蕙：是，我……我走走就來！

靜：老太太，我上次給你說讓他留在我們庵裏的事，你和蕙姑娘提過沒有？

母：唉，眞難！她不能嫁給游兒，可是我也不能逼她出家當尼姑，這怎麽能對得我去世的哥哥！

靜：哎，話不是這麽說，要是你不忍心一點，就要把你的游公子給害啦！要是你不嫌我出家人多嘴，我就不能告訴你，要是你沒心把蕙姑娘配給你們少爺，你就不得不叫她出家！

母：哦！爲什麽？

靜：你聽我說，第一個原因據你說：他們倆是靑梅竹馬的「好」定了，你要是不讓蕙姑娘出家，你公子考完回來了，還不是要待在一塊？你叫蕙姑娘待在那兒：要是不結婚，那還不得鬧笑話？

母：我當然要替她另行擇配。

靜：另行擇配？那你公子就得說，明知道蕙姑娘命不好，爲什麽要去害別人，你怎麽回答？

母：這個……

靜：第二個理由，你要丟了蕙姑娘不管，孤苦伶仃，你叫她上那兒去？旣便有地方待，陸公子還不是會打聽得出來，那時候倒成全了他們，你怎麽辦？

母：那麽，只有叫她到這兒來出家了？

靜：所以呀！這是註定了的，你叫她出了家，生米煮成熟飯，公子回來也沒辦法，日子一久，自然就會死了這條心了！你說對不？

母：不、不、這樣太對不起她，她是我的姪女呀！

靜：哎呀，你眞死心眼，姪女可比不得自己兒子重要呀！她有尅夫命呀！

母：哎，叫我怎麼辦？哎！師父，我想給她覆完命，再做決定，你代我請的那位算命先生來了？

靜：早來啦，那也好，省得以後怨我這個出家人多管俗家事，妙眞，請半地仙來這兒！

聲：是啦。

靜：等先生來了，你得仔細聽仔細問，別躭誤了蕙姑娘，這是作孽呢！

母：唉！但願我能對得起她死去的父親！

靜：算命先生來啦，這是陸太太！

半地仙：師父，陸老太太，半地仙有禮。

母：先生請坐！

靜：陸太太聽說先生運算如神，口出如金，今天特地請你來算命。

仙：不敢！不敢！請問是男命是女命？

母：女命。

仙：呵，女命，今年幾歲？

母：十八。

仙：呵！十八歲，屬虎的，幾時生日？

母：二月初五寅時，

仙：（念念有詞）二月初五寅時，甲乙丙丁戊己庚辛壬癸……算流年？還是終身？

母：終身。

仙：呵，終身，子丑寅卯辰已午未……呀，這命？太太不怪我直說吧？

母：先生儘管直說，

仙：呵，那末我放肆了！（咳嗽）這命，可惜不是男命，是男命不大貴也大富，至少有八品之位，要是女命嗎……

母：麽樣怎？

仙：女命麽……有仙根，就是有仙緣，就是早運不佳，後福無窮……

母：說下去，

仙：女命太剛，從一歲到十八歲不尅爺，定尅娘，雙親在堂，必尅一位！對嗎？

母：是的，她娘在五歲就沒了，還有什麽？

仙：還有……從十一歲到十八歲，這八年運也不好，叫傷官運，恐怕要雙親不應，

母：不錯，前年她父親才去，

仙：今年呢？脫運交運，我們叫祿堂運，恐怕大小棺材要進幾口！

母：呵！眞會……

蕙：姑媽！我回來了！

母：（不愉快的）坐下呀，這是你的命！先生儘管說下去！

仙半：是！是！這步運要交廿八年，有丈夫尅丈夫，有公婆尅公婆，到四十一歲晚運交運，從此以後步步高升，直上青雲，相夫夫貴，教子子賢，這時候出嫁，就可保大富大貴！

靜：哎喲！女人一過四十怎麽嫁人哪！

仙：這是命！嫁不嫁當然隨便，按命說，有八分仙根，仙根不滅，最好修行，能成正果！

母：修行？這命能不能改變呀？

仙：不能！有道是命定三生，是沒辦法改變的！

母：一點沒辦法解救？

仙：沒有！沒有！四十以前就嫁不得人，這叫終身孤鸞命，嫁一個死一個，嫁兩個死一雙，不但死丈夫，還得死公婆！這可不……

蕙：呵！

靜：哎呀！蕙小姐暈了！

母：蕙仙，蕙仙！

仙：糟糕，出人命啦！告辭啦！（匆匆下）

靜：老太太別急，剪刀給你，快剪！

母：怎麼？你叫我剪……

靜：快！當機立斷，醒了就來不及啦！

母：這……我……

靜：老太太，想想您的孩子！想想您陸家一門的香煙！快剪呵！

母：蕙仙！蕙仙！別怨我！都是你命不好！……（哭泣起來）

靜：剪呵！我幫你剪！

母：蕙仙！（剪刀，落地聲）

報幕：唐蕙仙落髮為尼以後，又受到了靜茵師太的虐待，痛不欲生，被狄英救了出來，當時陸游還在臨安應考，不能再回姑媽家，就把他送到趙世誠公子那兒暫住，後來趙公子誠意求婚，蕙仙也自知由於姑媽的執拗，沒有再和陸游團圓的希望，也就無可奈何的和趙公子成就了姻緣，等陸游應考被黜歸來，已人事全非，奉母命無可奈何的也娶妻生子，因生活豪放剛正罷官居家過着鬱鬱不得志的生活，不時踱到沈園，同幾個少年時同窗好友喝喝酒，論論詩，以解胸中鬱悶，這天，春光明媚，白花爭艷，他又獨自一個人來了。

陸：（中年人的聲音吟）

常見東園按舞時，

春風一架晚薔薇，

樽前不展鴛鴦錦，

只就殘紅做地衣。

園丁：（中年人的聲音）哈！我一猜就是您陸爺，

陸：沈年！

園丁：您怎麽兩天沒有來啦！您這兩天忙？

陸：還不是無事忙，你沈爺怎麽沒在？

園丁：等您兩天啦！今天見你沒來他就出去啦！

陸：呵！……怎麽，桃花已經落啦！這棵老紅梅今兒開的花可不少，唉！可惜給人折去一大半！（忽然高興地）沈年，你來看已經結了這麽多梅子啦！

園丁：是呵，結的子才甜呢？呵！陸爺，您叫她相思紅的那種花已經開啦！再過兩天就更像血一樣的紅啦！

陸：（一驚）什麽？呵！斷腸——紅！

園丁：您不是叫它相思紅嗎？

陸：（自語地）相思紅？不！是斷腸——是斷腸紅！

園丁：您看這顏色多像血呀！

陸：（害怕的）是的！別拿近我，我看見了！

園丁：要不要送一盆到府上去？

陸：（大聲拒絕）不要！不要！我不要！

園丁：（奇怪的）哎！您！怎麼啦，陸爺！有什麼不舒服嗎？

陸：呵？（自語地）我怎麼啦？（抱歉的）沒什麼，斷腸紅是個不祥的東西！

園丁：（笑）陸爺！您怎麼也來這一套呵？要送一盆去嗎？

陸：嗯！……好吧！給你沈爺說一聲，

園丁：那當然！！您放心，

陸：沈年，請你替我拿副筆墨來好嗎？

園丁：您又要做詩啦！

陸：我忽然想到兩句，不寫下來等會兒又忘了。

園丁：好！我給你拿去，（聲遠去）

陸：唉！斷腸紅，你倒又開了，我記得第一次把你的名字告訴我的是誰？現在只留下了花——血樣的相思，血樣的紅——好淒慘的名字，是相思也是斷腸！這才是眞的，是相思……也是斷腸！（聲漸遠）

園丁：陸爺，筆墨來了！咦！人哪？又走到那兒去了？我看這些才子文人都像些神經病！（自語）還是剪我的花吧！人還沒到四十歲，做一會兒就覺得累了，眞是的。

男聲：蕙仙，走好！這兒有頂小橋！

女聲：知道，你自己也當心啊，世誠！（由遠漸近）

世：蕙仙，你病了這麼久，來這沈園逛逛不壞吧！

蕙：（呼一口氣）呵！沈園眞名不虛傳！

世：可惜沈逸雲不在家，我們又難得來……

蕙：他不在更好，我們玩得自在些！（輕微咳嗽）

世：酒菜擺在這石桌上好嗎？呵！這誰放在這兒的筆墨？

蕙：這兒來往的人多，叫人家看着我們吃，多不好意思！

世：那有什麼，先擺下好啦！趙昇，把酒菜擺好！

聲：是！

世：呵！蕙仙，要是你不高興，我們改換個地方也行。

蕙：沒有什麽，都可以。

世：那麽我到冷香閣那邊看看，好就搬過去，我眞怕惹你不高興！

蕙：世誠，你看你，只要你覺得好的，我都會覺得好，這末多年，你還不懂？

世：怎麽不懂呵！就躭心你縐眉頭，不說話，我倒情願你能放開嗓子哭一頓喊一頓倒痛快了，你看你的身體就這麽折磨壞了的。

蕙：世誠！我永遠感激你！……

世：好了，今天出來散心的，別談這些事，我去那邊看看，再來接你過去，趙昇，伺候好夫人！（聲：是）

蕙：唉！他永遠不瞭解我……十幾年的夫妻——呵！這花，不是相思紅嗎？

園丁：（高興有人問他）是呵！正是相思紅，又叫斷腸紅！

蕙：呵！（不免一怔）斷——腸紅！斷腸紅！

園：您這位夫人眞內行，這本來是叫斷腸紅的，相思紅的名字知道的不多，是本城的一位才子陸務取的。

蕙：你是說——陸游！

園丁：是的，夫人認識他？

蕙：不不，不認識，我知道就是了（自語）陸——游！陸游！

園丁：我說您要是認識就巧了，他剛才還在這兒！

蕙：誰？誰在這兒？

園丁：陸爺呀！

蕙：他——他在這兒？（慢）他——在——這兒！（自語）我不能見他！（不安的）趙昇，快去給你爺說，別再找地方了，我不舒服，就要回去！快去，讓他快來！

聲：是，

蕙：（小聲的）他在這兒！這麼巧，多少年了，自從他走了以後——呵！（大聲）他常來嗎？

園丁：誰呀！

蕙：你說的——陸爺！

園丁：哦！陸爺呀！常來常來！三天要來兩回！

蕙：你跟他熟嗎？

園丁：那說不上，他是爺，咱們是……嘿？不過他常來，我也給他府上送花去，

蕙：哦，那他家裏的情形你知道嗎？

園丁：不太淸楚，

蕙：你見過——他的太太？

園丁：那位太太姓王，滿厲害的，老太太倒有點怕她！

蕙：哦！是嗎？老太太怕她？

園丁：你問這個幹麽？

蕙：沒什麽……他——陸爺來這兒做什麽？

園丁：他呀！來了常喜歡在這兒和我們少爺談談，飲酒做詩，有時候一個人也會不言不語的坐上大半天，

蕙：他高興嗎？

園丁：高興？有時候也不高興！

蕙：呵！（自語）也不高興！

園丁：夫人，剛才那位是您老爺嗎？

蕙：嗯——唉，怎麽還不回來？你這位管家替我再去找找好嗎？

園丁：好好，準是在冷香閣那邊遇見熟人了！我去了！

蕙：謝謝你——他在這兒？天下有這麽巧的事嗎？十多年都這麽平淡的過去了，難道今天要我見見他的面……唉，相見不如不見，已經死了的心，不要再起波瀾了，我還是早離開這兒的好……呵！那邊來的是誰？走吧！不要再見他，或着我躲起來，躲在那兒？怎麽我的腿都殭住了……

（釵頭鳳曲調 Melody）

陸：（吟）相見時難別亦難……東風無力百花殘——你是——

蕙：我……

陸：（驚喜的）呵，你是蕙妹！你怎麽在這裏？我是做夢嗎？

蕙：（壓抑着感情）表哥，久違了！

陸：蕙妹，蕙妹！我眞想不到，是你知道我在這兒才來的嗎？

蕙：不是，是世誠帶我來的，

陸：是趙世誠？

蕙：是的，我的丈夫，你的同學。

陸：呵——嫂夫人！

蕙：表——哥，請坐，

陸：是！（忽感生疎）謝謝，近況——好嗎？

媳：好，

陸：你——瘦多了！

蕙：瘦麽？老了！

陸：我們？

蕙：我們！

陸：哦！（稍停）

蕙：（吃力的）嫂夫人好？

陸：好！謝謝你！

蕙：幾個孩子了？

陸：兩個！

蕙：他們——都好！

陸：好——你姑媽也好！

蕙：（冷冷地）唔！

陸：（忽然激動的）你爲什麼不問我的話……

蕙：忘了！

陸：忘了？

蕙：十幾年了……

陸：恨比愛更使人難忘……

蕙：你也恨嗎？

陸：嗯！

蕙：恨——我？

陸：不是！

蕙：是恨——

陸：也是愛？

蕙：是悔？

陸：不！是錯！

蕙：錯？

陸：錯！

蕙：表哥！

陸：表妹！

蕙：敬你一杯酒，祝表哥。

陸：謝謝蕙妹——盛意！

蕙：你要寫什麼？

陸：我敬蕙妹一首詞，就寫在這滴翠亭裏吧！（唸）

紅酥手，黃藤酒，滿城春色，宮墻柳，東風惡，歡情薄，一懷愁緒，幾年離索！錯！錯！錯！

——音樂——

翁：從此以後，就沒有再遇見過，聽說唐蕙仙早已害病死了，所以陸游常常來這沈園，追憶當時情景，她永遠在他的心裏，四十年了，眞是海枯石爛此情不移……

女：（哭泣）老先生，您說得太感動人了……您剛才說這位陸老先生還在？

陸：還在，常常來的……

男：請問您老先生貴姓，是不是，就是……

陸：不要問了，我不過是一個說掌故的老頭兒，滿腔的往事悠悠，說給年靑一輩人聽聽，什麼是情！什麼是愛！天已經黑了……我們走吧！

（釵頭鳳主題歌起用合唱）

——劇　終——

婉君

婉君

（根據瓊瑤短篇小說「追尋」編劇。）

人物：

婉君
伯健
仲康
叔豪
周老太爺
周老太太
聲音效果：賀客
　　　　　余媽
嫣紅老年
一聲鑼響
悠悠的笛聲飄過來。
報幕：這是一個古老的故事，正像過去的那個文化古城一樣古老，但是情感上的創傷，却像昨天一樣的新鮮，春去秋來，歲月如流，老年人死了，年輕的老了，在一棟大宅子裏，一個寂寞的中年女人，日日遠眺，她曾被三個男人愛過，但是，換得的只是無邊無盡的寂寞和期待。往事前塵，歷歷如在目前，這個寂寞的中年女人，彷彿又看見當年的自己……

笛聲襯着隱約的人聲。

周老太太：余媽、什麼都安排好了吧！花轎快到了。

聲：是，太太！

周老太爺：花轎怎麼還沒到呢？時辰快到了。

太：說的是呀，我也在着急呢？今天雖說不上是婉君和伯健正式行結婚禮，可是「冲喜」要是誤了時辰，就更不靈驗了呀。

爺：伯健的病，如果經過「冲喜」再好不了。唉，我眞不知道該怎麼辦好了。

太：那就看這位婉君小姐的命怎麼樣了，假設命好，我們兒子的病一定會好起來的，再說，名醫我們也請遍了，這些時候，我看着伯健的精神倒很好，說不定婉君娶進門，冲一冲喜，會好的更快些。

爺：你向仲康交待清楚了嗎？不要臨時他又鬧彆扭，這孩子的脾氣就沒他大哥優柔。

太：我說淸楚了，仲康也答應代他哥哥和婉君行禮，十三四歲的人了，也不會那麼混不懂事的，他還直說，哥哥娶媳婦，倒要弟弟和新娘行禮，怪不好意思的呢！

爺：伯健要是能起來走動就不會用着他了！叔豪呢，怎麼又半天不見人影了？

太：那孩子還不是有他那一套，一定又去捉蟈蟈了。

爺：叔豪這孩子就是管不過來，他就不像他大哥伯健那麽愛讀書，一天到晚捉蟈蟈鬪蛐蛐，混身上下、泥呵土的，沒乾淨過！

太：他才多大個人嗎？八歲的孩子，你能鎖他在書房裏嗎？伯健小時候，不是你整天逼他念書的，他也不會生病啦？

爺：你又護着你這個小兒子，等他長大了，不讀不寫的時候，就瞧你傷心的了……

太：今天是喜日子，你又向我唸這種經做什麼，看我心裏又高興了是不？

爺：好好，不談，余媽；客人們都照顧得很好嗎？

聲：是的，老爺，您放心好了，外面有老張，老吳，李媽照顧着不會有錯兒的。

爺：好，那麽

（鞭炮聲，喜樂聲）

快：花轎到了，仲康衣裳穿整齊了？

太：快到前廳去吧，仲康早在那兒等着呢？就好像眞給他娶媳婦一樣的認眞，這孩子今天可眞聽話！

（鞭炮聲，喜樂聲，人聲近）

衆：花轎到了，就要拜天地了；

（一個女孩子的哭聲跟着這些聲音傳過來……）

衆：（低低的，互相傳送着）新娘子在轎裏哭啦，陪嫁的大丫頭把新娘子扶出來了，多傻的一個小人兒哪。

聲：拜——天——地——（鼓樂聲大作）

太：仲康！站好！別在那裏扯衣裳……

爺：叔豪別跑去鬬新娘，過來、過來；聽見嗎？

聲：一拜天地……二拜祖先，三拜父母……新人交拜……禮成，奏樂，

（又是一串鞭炮。）

衆：恭喜，恭喜周老太爺……

婉：（哭着）我要找我媽——我要回家！

太：婉君，這就是你的家啦！今天你就在這兒住下啦！乖！別哭！新娘子那有哭的？

婉：我要我媽！

太：婉君，好乖女兒，以後我就是你媽了，從前我一個女兒都沒有，現在我有個乖女兒！

婉：我不，我要我的布娃娃！

爺：婉君，現在不要布娃娃了；讓伯健哥哥陪你玩不好嗎？

婉：我不！嫣紅陪我回去，我要媽！

太：別哭了，看，把臉上的胭脂粉都沖了，瞧，這還像個新娘子嗎！乖，再哭人家就笑話你了！余媽，快去拿手巾來，我就帶你去看大哥哥！以後，他整天陪你玩！知道嗎？

婉：他現在怎麼不來？

衆：（笑）小新娘子找新郎了！

太：他現在病了，起不來，你來了，他的病就好了！你可不能哭哇？要笑，今天是你的好日子要笑，聽媽的話！乖女兒！

婉：他是誰？

康：我叫仲康，我代我哥哥行禮的！

豪：媽，他是新媳婦兒嗎？

太：哎，婉君就是我們家新媳婦兒！以後就是你們的大嫂子！

豪：新媳婦怎麼還哭？

（衆又笑）

爺：叔豪，就是你廢話多。

太：噢，對了，婉君還小，你們叫大嫂怪不方便的，叔豪雖然和婉君同年，還是都稱呼婉妹吧，仲康、叔豪，以後不准惹妹妹生氣，哄着妹妹玩，懂嗎？婉君，以後，你都叫他們哥哥，他們都會待你好的，只要你聽我這個媽媽的話！

婉：我親媽媽還來不來看我？

太：怎麼不來，只要婉君乖，誰都喜歡的！

婉：大丫頭，嫣紅，也住在你家嗎？

太：是呀，嫣紅陪你，以後你要什麼，余媽，李媽，都會照顧你，以後你就是我們家的婉小姐了。

康：媽！我現在就可以叫她婉妹了嗎？

太：當然可以！

叔：媽！我現在可以陪她去捉蛐蛐嗎？

太：今天不可以，今天她是新娘子！

叔：婉妹，明天我帶你去捉蛐蛐，你喜歡嗎？

爺：傻孩子（衆笑）好啦，新娘子不哭了，送到洞房裏去吧！客人們該入席了！

太：來，婉君，我帶你去看健哥哥！

爺：各位，謝謝光臨，現在請入席吧！

康：媽，現在要我陪婉妹去嗎？

太：你去玩吧！沒你的事了，媽要送她到伯健房裏！

婉：伯健是誰呀？

太：伯健就是你丈夫呀！傻丫頭！（衆又哄笑）

婉：（又哭）我不要去見丈夫！我不要丈夫！

豪：別哭，好婉妹，我去拿我的蛐蛐給你玩！

婉：我不……

悠悠的笛聲——

健：（低低的呻吟）

太：進來！婉君，這是伯健哥哥，陪他談談天，等他病好了，他才會帶你玩呢？

婉：嗯！

太：伯健，覺得好點嗎？見見你媳婦，和你媳婦交朋友吧，我還得到前廳去招待客人！

健：嗯！

太：以後就叫她婉妹好了，你們兄弟三個她都是一樣稱呼，你算是大人了，她還小，什麼事得讓着她點，知道嗎？等過幾年，你們再圓房，只要你的病能給沖好了，媽的這番心思，也就不是白廢了。

健：是，媽。

太：來，婉君，坐在床沿上，陪健哥哥談談，我要到前廳陪客人。

婉：嗯！

太：伯健，我去了。（遠）

健：是——媽，（稍停，輕輕的嘆了幾聲）你，叫什麼？噢，你的名字是叫婉君嗎？

婉：嗯！

健：你——幾歲？

婉：我——八歲。

健：八歲，才八歲，八歲，唉，如果不幸，我眞死了，這眞是個最年輕的寡婦了（恨恨地）眞是的！沖什麼喜嗎？爸和媽就是這麼固執！何必害人家女孩子！

婉：嗯？

健：噢！沒什麼？你唸過書沒有？

婉：爸爸教過我千字文和三字經，另外還唸了烈女傳……

健：很好，以後可以和仲康叔豪一塊兒唸書，我們家的程老師教的很好，讓他教你唸千字文和唐詩三百首……

婉：嗯！

健：以後，我也可以教你，詩要背喲！背不過要打手心呵？

婉：嗯！

健：你怕我嗎？

婉：我不知道……

健：婉君，別怕我，我會說許多好聽的故事給你聽，你喜歡聽故事嗎？

婉：喜──歡！

健：婉──君！你很好看！這麼一對又大又亮的眼睛！婉君！你眞可──愛！

婉：嗯？

健：婉──妹！

婉：什麼？

健：以後──你就要永遠和我在一起了……那就是說，從今天起，你就是……我的……（咳嗽）

婉：你要喝水嗎？健──哥哥！

健：不！不，我是說……呵！你是我漂亮的小新媳婦兒；懂嗎？

婉：我──不知道……

健：婉──妹！

婉：嗯？什麼？

健：唉！等你長大了再告訴你吧！

（如夢樣的音樂）

聲：（悄悄的）太太，快來看，這對小夫妻可眞恩愛……

太：余媽，不要打擾他們，讓他們好好的讀書吧！這才叫相敬如賓呢？

（漸遠）

健：（遠漸近）婉妹，昨天教的那一首七律，背過了嗎？

婉：背過了。

健：背一背，試試看好嗎？

婉：好！健哥哥，我背的不大熟，可不能笑話我呀！

健：（笑着）好，我不笑話你，我會打你手心，你看我比你大多少，你怕我嗎？

婉：不怕！

健：好，背吧！

婉：（背詩）一片花飛減却春，風飄萬點正愁人，且看欲盡花經眼，莫厭傷多酒入脣，江上小棠巢翡翠，苑邊高塚臥麒麟，細推物理須行樂，何用浮名絆此身。

健：眞好，你背的一點都不錯，意義都能瞭解嗎？「何用浮名絆此身」是什麼意思？

婉：「何用浮名絆此身」就是說，人生在世，不要叫無用的名利綑綁住了……

健：是的，這篇七律的含意，總括起來解釋，就是說四季變化，時光易逝，感傷無用，生命的光輝，是自己來創造的，應把握住時機，隨心所欲的生活，不要讓庸俗的浮名誤了自己……

婉：我知道了，上次你說過的，你說，你就是這種人……

健：我說過嗎？我好像忘了！那麼，李白的那首「長干行」也能背嗎？不要忘了，那是說誰的呀！

婉：我不背嘛！

健：婉妹乖，試試！來嗎？

婉：你笑我就不背。

健：我不笑！開始！

婉：妾髮初覆額，折花門前劇，郎騎竹馬來，繞床弄靑梅，同居長干里，兩小無嫌猜，十四爲君婦，羞顏未嘗開……

叔：（遠）婉妹，快來呀！

健：背下去，下面一句是……

婉：你聽！豪哥哥喊我！

叔：婉妹！你在那兒？我捉了兩個大蛐蛐，鬪得才好玩呢！快來呀！

婉：（高興的）我在健哥哥房裏！我來了！健哥哥，我……

健：那麼……好！明天再背，你玩去吧！唉！

（近——遠——近）

婉：豪哥哥！我來了！你在那兒……

叔：（近）婉妹！你快來，快來看我的大蛐蛐！

婉：讓我看看看看！喲！好大個兒喲！

叔：你喜歡嗎？送給你，你瞧，我叫他們倆鬪架！（口做輕輕哨聲）打呀！好漢不怕死……沒用的東西！打呀！快點！

婉：豪哥哥，牠們倆怎麼都不動呢？是不是該給牠們吃飯了？

康：（突然的）不是該吃飯了，是牠們雙方講和了！

婉：呵！吓我一跳！

叔：你什麼時候來的？

康：我剛來！婉妹！鬪蛐蛐好玩嗎？

婉：牠們不鬪，不好玩！

叔：你不喜歡蛐蛐，你說你喜歡什麼？我幫你去捉！

康：我知道婉妹喜歡什麼？她喜歡聽大哥講故事！大哥講的故事才好哪！

叔：那才不希奇呢？我也會講！

康：你會講？我不信，講出來聽聽！

叔：嗯——從前有一隻烏鴉，牠呀——揀到一個紅果果，牠呀……牠就把它吃了……紅果果是髒的……牠呀……牠就肚子痛了，牠媽媽就罵牠了，牠呀！牠就哭了！牠呀……牠……完了！

康：（誇張的）講得好！講得眞好聽！

婉：（笑着）一點都不好聽！一個故事，都是牠呀！牠呀！

叔：我這個不好聽，下次我講好聽的給你聽好嗎？像大哥講的一樣好聽！唉！婉妹！你是大哥的媳婦，是不是？

婉：嗯？

叔：余媽說，你將來就是大哥一個人的，我們就不能跟你在一起了！因爲你是大哥的媳婦！婉妹，趕明兒我大了，你也做我的媳婦兒好嗎？

康：傻話！那怎麽可以！

婉：羞羞羞！豪哥哥不害羞！「小小子坐門墩兒，哭哭啼啼要媳婦兒，要媳婦幹嘛？點燈！說話，吹燈；做伴，明兒起來給我梳小辮兒！」羞羞羞！豪哥哥要媳婦兒！（笑着跑開）

康：婉妹！小心前面有水窪兒！

叔：婉妹！你別跑嗎？

婉：（遠）哎呀！

康：我叫你不要跑！你看蹿倒了！跌破那兒沒有？（近）

婉：（要哭）在這兒！腿上！

康：別哭，我來弄！我用嘴把汚血吸出來就不痛了！忍着！我吸了……

婉：呵！呵！

康：痛不？好了嗎？

婉：不痛！

康：你眞了不起，你眞是好婉妹。

婉：豪哥哥呢？

康：那個傻傢伙，又去替你捉大蛐蛐了，婉妹！我教你下棋好嗎？

婉：好！那豪哥哥呢？你教不教他？

康：他就愛捉蛐蛐，愛弄小蟲子，他不喜歡這一套，來吧！婉妹！我教你嘛！到我房裏來……來，拉着我的手。

婉：好！我喜歡你教我下棋！

（音樂中棋子響動）

婉：（十六七歲的少女聲音）注意！車！

康：（廿幾歲的男人聲音）危險！卒！

婉：攻炮！

康：哎呀！糟糕！只顧吃你的卒，忘了自己的老家了！婉妹，讓我一步好嗎？

婉：不行！不行！講好舉手無悔的！好哇！你要輸了！

康：眞丟人，做老師的輸給學生了！我這盤明明是贏的，貪心不足，因小失大，這盤不算，我們再來一盤！

婉：不害羞！輸了怎麼可以不算！老師輸給學生，以後我來教你了！

康：那以後我就叫你婉妹老師好不？

婉：好呵！叫！現在就叫！

康：現在不叫，我要選個日子再叫！

婉：選個什麼好日子？

康：選個黃道吉日呀！

婉：爲什麼要選黃道吉日？

康：學生要拜老師呀！

婉：康哥哥眞有意思！（笑）

康：婉妹！康哥哥好嗎？

婉：嗯——噢！健哥哥來了。

健：（聲音已經成熟了）呵？你們又在下棋？婉妹下的如何？

婉：（羞澀的）不好，我下着玩的，可是我贏了康哥哥一盤。

康：婉妹下的眞好，快變成我的老師啦！

健：我看見了！還下不下？

婉：不下了，健哥哥，你講故事給我聽！

健：這麼大姑娘了，還喜歡聽故事？

婉：人家喜歡聽「你」講嗎？

康：你們講吧！我要去趕一篇作文，寫不出來我們老師要罵的！

婉：康哥哥，別忘了拜我做老師喲！

康：忘不了，婉妹，我一輩子都忘不了！回頭見。（遠）

健：婉妹！

婉：嗯！

健：你眞美！

婉：健哥哥取笑我！

健：最近爲什麼老躲着我？

婉：沒有，唉！健哥哥別——親我……當心別人看見……

健：有什麼關係呢？你是我的妻子，不是嗎？別走！聽我說話。

婉：我……

健：婉妹，你有一點怕我，是不是？

婉：讓我走吧！別人看到要說話的。

健：婉妹，你知道我喜歡妳，是嗎？在妳第一次站在我床前起，我說喜歡你，妳有一種特殊的力量，妳的眼睛使人心裏震憾，小婉君，我覺得我的幸福，和一切都掌握你的小手裏……你知道嗎？

婉：知道。

健：婉君，不久之後，你就要完完全全屬於我了！那時候，你就逃不掉了？嗯？靠近我的耳朶，悄悄告訴我是不是？

婉：我……不知道！

健：什麼？你說不知道？你？呵！叔豪，你站在門口做什麼？

豪：我……

婉：呵！豪哥哥！

豪：婉妹，你要的風箏，我替你糊好了，你看看好不好？

婉：呵！眞好！健哥哥，你看他糊的這個大雁好不好？

健：（勉强的）嗯！好！

豪：走吧，我們一塊去放風箏，呵！你給大哥背的詩背完了嗎？

健：今天不背了……

豪：那咱們走吧！婉妹！

婉：健哥哥，回頭見！

豪：大哥，回頭見！

健：（無力的）好，回頭見！

——音樂——

太：婉君哪，來，讓媽仔細的瞧瞧……婉君，你可眞是越長越漂亮了！瞧瞧這眉毛，這鼻子，這眼睛，這嘴唇！不要說伯健喜歡你，你可眞是人見人愛呢？

婉：媽！

太：好女兒，今天媽告訴你一件事，你已經過了十六歲的生日，伯健的年齡，也早該生兒育女了，所以我想再過一兩個月，要請幾桌酒讓你和伯健圓房……

婉：媽，我……

太：我知道你喜歡伯健，圓房是人生必經的事，也沒什麼害羞的，至於伯健，他喜歡你的程度，恐怕連你自已都覺不出來，本來，我們想在你長大以前，先給伯健娶幾房姨姨，好早日抱孫子，可是伯健堅持不肯，一定要等你長大，現在你總算長大了，早些圓房，也了我一件心事，等你和伯健圓了房，我才能給仲康把張家的小姐娶過來。

婉：媽，我想……

太：別害羞了，選好日子，你就可以和伯健圓房，時間還來得及，選點料子，讓裁縫進來量衣裳，有些事，我已經交待了大丫頭嫣紅教給你，你有不懂的，就問她，別害羞，知道嗎？

婉：知道。

太：好啦，去吧！

婉：是，媽！

太：婉君，你人不舒服嗎？怎麼走路搖搖幌幌的？

婉：沒有，媽！我很好。

太：那就好！去吧！

婉：嗯！

康：（低聲）婉君，婉君！

婉：呵？誰叫我？

康：是我，仲康，來！跟我到花園裏來，我有話問你！

婉：好！

康：就在這個假山石背後好了，婉君！我向你作揖了！

婉：你這是做什麼？

康：恭喜呵？祝妳和大哥白頭偕老！

婉：要恭喜你呢？康哥！聽媽剛才說，要給你舉行婚禮了，在擇日子呢？不久你的張小姐就要進門了！

康：眞的？

婉：哎喲，你捏人家的臂膀好痛喲！

康：呵，對不起，婉妹妹，結婚？可是，八年前，我已經行過婚禮了。

婉：你說什麼？

康：八年前，在我家的大廳裏，我曾經和一個女孩子拜了天地！

婉：你——你別胡說八道吧！

康：我胡說八道？婉君，這麼多年來，你是眞不明白呢？還是裝不明白呢？你和大哥的婚禮能算數嗎？

婉：我眞不明白什麼？又裝不明白什麼？

康：你是明白的，你看得淸淸楚楚，婉君，你不笨，你明白我喜歡你，你知道我要你，大哥也知道。圓房？你和大哥圓房？不！婉君！你不能！八年前跟妳行婚禮的是我，不是大哥，我要去對爸和媽說，我要妳，妳也要我，不是嗎？

婉：你怎麼了？你不知道你在講什麼，放我走吧！

康：我知道我在說什麼（喃喃地）婉君，我要你，我要你，最近兩年我想要你想得發瘋，婉君，你不屬大哥，你應該屬於我！只是你同意，我就去問爸爸和媽，說我可以得到你，婉君，你是喜歡我的，是不？我記得前年我生病，你在我床前悄悄的哭，你不知道，妳流淚的樣子怎麼感動我，那時，我就對自己發誓，不計一切困難，我要娶妳作妻子！

婉：康哥，別說了，無論如何，我的身份是妳大哥的妻子……

康：那麼妳愛他？妳要嫁給他？

婉：我——不知運，我不是已經嫁給他了嗎？在八年以前？

康：假若那個婚禮要算數，你應該是嫁給了我！婉君！現在時代不同了，現在講究自由戀愛，父母作主的婚姻早已落伍了，如果妳愛我，我們可以逃出去，逃出這個家庭！

婉：有人來了，讓我走，別抓住我！康哥！我求你！

康：婉妹！婉妹！我要你！妳是我的！

婉：（掙扎）呵！放開我！呵！（跑開）

康：婉君！婉君！（遠）

（脚步聲，急促的呼吸，然後呼的一聲關上門）

婉：（上氣不接下氣的）呵！天！怎麼辦？怎麼辦？

豪：婉妹，怎麼啦？

婉：（又吓了一跳）呵？叔豪，你怎麼在屋裏？

豪：我來給你送蛐蛐，我在這兒等你，你怎麼啦？

婉：沒什麼？我……覺得有點——頭暈。你？你又弄這麼些小籠子做什麼？

豪：我——送給你，這裏面有一隻大蝴蝶，就是上次仲康替你捉的，我不小心弄飛了的，現在捉來還你，你不是說，你喜歡它嗎？

婉：呵！叔豪！

豪：婉——君，我聽說，你要和大哥圓房了！你不要以為我不懂，你和大哥圓房以後，就不能像以前那樣跟我一起玩了，你將成為大哥一個人的……

婉：叔豪！別哭！你哭，我也要哭了！

豪：我想起你剛來的時候，整天想妳媽媽，老是一個人躲着哭，我就去捉許多小蟲子來給你玩，其實我根本就不想玩那些東西，因爲你喜歡，我就拚命的去捉……唉！現在，你馬上要和大哥在一起了，我們一塊玩的日子就算結束了，我沒有東西可以賀你和大哥，只能再捉些小蟲子給你……別忘了我們在一起的時候……別忘了妳笑我是「小小子坐門墩，哭哭啼啼要媳婦」……唉！當然我永遠不能夢想你會成爲我的媳婦，成爲我一個人的……唉！婉——妹——我——走了！

婉：呵，豪哥，無論我怎樣，我還是婉君，我不會生疏你，冷淡你的。

豪：那時候，一切都會不同了，是不？婉妹，我只覺得不公平，我們是一塊兒長大的，從小，我們一起讀書，一起玩，一起遊戲，我背不出四書來的時候，每次都是你提我的詞兒……這些，還說它做什麼？呵！這一隻籠子裏是隻老蠶！你看看吧！我走了。

婉：豪哥……這兩個籠子裏都有張紙條，他寫些什麼……（唸）「莊生曉夢迷蝴蝶，望帝春心託杜鵑」—（紙聲）「春蠶不應老，晝夜長懷絲，何惜纖軀盡，纏綿自有時」呵！叔豪，別怨我，別恨我，別怪我……別恨我呵！（哭起來）

——音樂——

健：婉君！別走，妳怎麼又躲我呢？怎麼啦？又哭啦？

婉：沒有——沒有什麼！

健：不願告訴我是嗎？不信任我？還是不了解我對妳的關懷？婉君！抬起頭來，看着我！

婉：嗯！

健：婉君，是不是不想嫁給我？你不喜歡我？

婉：不是的，你別亂猜，沒有的事……

健：那我就放心了，你知道婉君，我多麼喜歡妳，我費了多長一段時間等你長大，妳放心，你會發現我不是個專橫的丈夫！我會待妳很好的，別光點頭，答應我呀！

婉：我知道。

健：來，我替你把眼淚擦乾。

康：（突然冷笑）哈，還沒圓房呢？在門口表演這一套未免太過火了吧？

健：（不好意思的）呵！是你！仲康！

康：哈哈，別走呵，婉君，還沒變成嫂嫂呢？就先不理人啦？

健：仲康，別開玩笑，讓她走吧！

康：大哥，你放心，我傷害不了她的！

健：怎麼回事，你好像不大高興？

康：高興？我應該高興嗎？八年前我行的婚禮，八年後你來圓房，婉君倒底算你的妻子還是我的妻子？大哥，別以爲婉君一定該屬於你！

健：你這是什麽意思？

康：你以爲只有你喜歡婉君？不，大哥，你錯了！我愛婉君，婉君也愛我，八年前我和婉君行過婚禮，現在，應該我和婉君圓房？

健：（慌亂的）你愛她？她也愛你？婉君，是眞的嗎？

康：告訴他，婉君，告訴他你愛我，你說呀！你告訴他呀！

健：你不要脅迫她，放開她！

康：婉君，你愛我，不是嗎？

健：婉君，怎麽回事？你到底愛誰？

（在她們兄弟對話中，隱約聽見婉君的哭聲，此時哭起來）

婉：我不知道！我什麽都不知道！你們別逼我！別逼我呀！

（一段激動的音樂）

婉：（哭着）我不知道，別逼我！

太：你說說看，這到底是怎麽回事呀，只是哭也不成呀！

爺：你原來說好是我們的大媳婦，怎麼又和我們的老二扯不淸呢？你要知道我們是書香門弟，可出不起醜，你是怎麼回事呢？

婉：我——我沒有——

太：婉君，你是我一手帶大的，疼大的，我愛你，就像愛自己的女兒一樣，現在，我們老大老二都發誓非你不娶……

豪：媽！還有我！

太：什麼？叔豪！你說什麼？

豪：媽！您不知道，婉君喜歡的是我，我們從小一塊長大，青梅竹馬兩小無猜——你問婉妹，她喜不喜歡我？而且婉妹和我同年，我們是比大哥二哥更合適的——

爺：豈有此理，天下的女人又不只有婉君一個，你這三個孩子是瘋了？唉！紅顏禍水！這女孩子一進門就覺的她美的過份，過份則不祥，果然如此，現在，你們準備怎麼辦？

健：爸爸，一切總得遵禮辦理，當初聘訂給誰。現在就應該給誰——

康：如果遵禮辦理，當初行婚禮的是我！

太：婉君，這也是我不好，應該早就把你們三個孩子隔開，否則也不會鬧得這麼天翻地覆的，事到如今，你自已說說，這三個孩子當中你到底對誰有情，如今時代不同，一切講自由，婚姻也講自由，那你自己選擇吧！你說，你屬意於誰？

婉：——

太：你說話呀！

健：婉君，你別害羞，你就說吧！

婉：——

豪：你告訴他我們最好，是不是？

康：你別吵！讓她自己說！

爺：（拍桌）簡直是荒謬，太不像話，從沒聽說過這種事情，婉君自己的行爲一定不檢點，否則怎麽會弄得三面留情？

婉：（哀求的）我沒有！我眞的沒有？

爺：你沒有，怎麽他們三個都以爲你和他們好？

太：好了，事已如此，發脾氣也沒用，說吧！你喜歡誰就嫁給誰，說呀！

婉：（哭）別逼我，我不知道，我根本不知道！

爺：胡說，你不知道？你弄得三個孩子都顚顚倒倒的，問你喜歡誰又說不知道，難道你想嫁給他們三個人嗎？

婉：我——眞的不知道！

健：爸爸，別逼她說了，讓她考慮一下好了——

爺：我給你三天時間，你決定要嫁誰，如果不能決定，乾脆你同娘家另嫁吧！我們周家大概沒福份要你！

婉：我——呵——（大哭着跑開）

健康豪：婉君！婉君！

（笛聲）

婉：（自言自語）老天，天哪！救我，救我吧！怎麼辦呢？呵！爲什麼他們三個都喜歡我呢？我喜歡誰呢？——我不知道！我分辨不出來喜歡誰多一點，或者是少一點，可是三天後——他們喜歡我什麼？美嗎？看這張美臉帶來的是什麼樣的結果呵，這張臉不好，毀了它！不？還是把自己整個的毀了吧！沒有了我，他們就沒有爭執了，沒有了我，什麼問題都沒有了，是的，爸說我是禍水，我不能再留在這個世界上，如果對得起他們三個，就只有——死！可是，死能解脫嗎？唉！一死了之——怎麼死呢？眞難呵！眞難呵！死比活着還難？

——音樂——

健：（突然的）不好了，婉君上吊啦！媽，爸，來人呀！

人聲！脚步

太：慢慢放下來！放平，這個傻孩子怎麽尋短見呢？快，快給她活動活動！婉君！婉君，回來，回來呀！

（一陣忙亂後）

婉：（呻吟一聲，長呼一口氣，然後哭出聲來）

衆：好啦，醒過來啦！

太：唉！你看你這個傻孩子，什麽事想不開要尋死呢！你有什麽話盡管說呀！我們又沒怪你，駡你，什麽事都可以依你的意思，要是你眞有個三長兩短，你叫我怎麽向你媽交待？唉！我對你是已經仁至義盡了，你怎麽要尋死呢——

婉：媽！我對不起你——我對不起——哥哥們——

太：有什麽對不起，你們還都是些孩子，你們三個也來勸勸呀！怎麽盡站着發呆呢？

爺：婉君沒事啦，你也去歇歇吧！

太：婉君，等一回兒媽來看你，伯健，勸勸婉君別哭了，唉！眞是家門不幸呵！

（稍停）

婉：（哭聲）

健：婉君，今天晚上，我就是不放心你，好像猜到你會出事兒似的，幸好跑到你窗口來看看，要不然，你

——什麼事都可商量，是不是？我們絕不逼你，如果你不要我，我也絕不怨你，我尊重你的意思，不會用約束逼你的，你生氣，罵我們，責備我們！都可以，只是不要再做這種傻事，聽話嗎？

婉：嗯！

康：都是我不好，如果我不逼婉君，她一定會心安理得的嫁給大哥，什麼問題都沒有，我太糊塗，太荒唐，太自私，婉君——原諒我吧，把過失都記在我身上，要罵就罵我吧，希望從此，你能和你相愛的人，幸幸福福的過一輩子，我——不陪你們了。

健：仲康，你要做什麼？

康：我有我的打算！再見吧！（遠）

健：叔豪，你也來和婉君說句話呵，傻站着做什麼？

豪：婉妹——呵，（也哭起來）

婉：（哭聲更大了些）

健：眞是，叫你勸人，自己倒哭起來了！你——眞是兩個孩子！

豪：（哭着說）婉妹，別哭了嘛？

（婉豪對哭着，低低的）

健：（自語）也許我錯了，他們才是眞正的一對呢？他們年齡相同，興趣相同，我一直被自私蒙住了情感，我怎麼竟沒有發現呢？我比婉君的年齡大這麼多，一定不會給她幸福的——同居長干里，兩小無嫌猜——無嫌猜——唉！現在我明白的還不算太遲，我不應該這麼自私——呵！三弟，我把婉君交給你了——好好的待她——婉妹，睡一會兒吧！我會——回來的，回來看——你——

——笛聲——

報幕：伯健和仲康爲了成全他人的幸福，相繼留書出走，叔豪和婉君，在未得他們倆的確實消息之前，都不願意結合，最後叔豪也走了，渺無音信，走的走了，死的死了，多少年，多少個春天就這樣過去，婉君每日憑欄眺望，希望能有一個會回來——

老太婆聲：小姐，風大了，進來吧！別望了，每天站這麼久，你會病的呀！

婉：（中年聲音）嫣紅啊！別管我，讓我一個人站站，唉！秋天又到了，他們呢？在那兒？眞是「黃葉無風自落，秋雪不雨長陰，天若有情天亦老，搖搖幽恨難棄，惆悵舊歡如夢，覺來無處追尋」

（鑼敲一聲）

——劇　終——

豐收

豐收

人物：

老爺子。
老太婆。
聲音效果。
秀玉。
乘客。
兒童樂園男聲。
兒孫們。

風吹着

按摩者的笛聲飄過夜空

風吹打着窗門

子：老太婆！老太婆，你醒醒，起風了，你窗戶沒關好嗎？你聽，叫風吹的這麼呼呼拍拍的！

婆：嗯？你說什麼？

子：我說什麼？我說你醒醒，你聽聽這是什麼聲音？

婆：嗯？

子：窗戶響，窗戶沒關好！

婆：窗戶沒關好，你不會起來把它關好嗎？這個也叫醒我，眞是的？

子：你看你，我讓你關關窗戶也不對了。

婆：你想想？是你先醒的，你先聽見的，你自己起來去關上不就得了？偏偏半夜三更的非吵醒我不行，你自己什麽事都不能做了！

子：你看你，你起來關，就關，不關就算了，每叫你做一點事，就先發半天牢騷！

婆：我看，你等着叫醒我的時間，窗戶早就關上了！

（窗門更響）

子：（不得不起身）唉，你們女人哪！就是兩片嘴厲害……

婆：老爺子，要去關，就去關，別說這麽多廢話好不？

子：唉！唯女子與小人難養也，近之則不遜……

婆：（也起身）少唸你那些八股吧，我起來關，老爺子，你躺着吧！

子：這不結了！早關上，也不會說叫醒你，也少說這麽多廢話了！

（窗關了）

婆：老爺子，你喝不喝水？

子：嗯，是覺得有點口渴，倒一杯給我吧！

婆：我不問你，你也不覺渴，這一問，你的事也來了，你就是這麽個人。

子：你幹嗎要問我呢？不問我，不就省事啦！

婆：我覺得嘴有點乾，我想你也許會覺得渴，問問你也不犯法呀，眞是的，我這個人，就愛管閒事，這一輩子，就是無事忙……

子：老太婆，水拿過來吧，我在這兒等着呢？

婆：還叫我送過來呀，你瞧你懶的！

子：反正你不是起來了嗎，助人爲快樂之本，做好事，做到底，（拍、打了一下）好大個蚊子！

婆：來了！您的水，扇子給你，蚊子怎麽進來的？噢，我記起來了，紗門上破了個洞，我老說補起來，你就不動手；（拍、也打了一下）討厭；蚊子都鑽進來了。

子：前兩天，傳廣不是說要把我們這兒的紗窗紗門都換新的嗎？我想旣然換新的，那個破洞就不必費事再去補啦，那不是多此一舉嗎？

婆：傳廣這孩子，還不是一邊說一邊就忘了，他們年靑人自己的事都忙不過來，那有工夫管我們的事？

子：傳廣那孩子，可不是不負責的人，他說了就會做的，這一點完全像我！

婆：哎呀！別捧你那個好兒子啦，這簡直向你自己臉上貼金！

子：我貼什麼金哪，這是事實嗎？你說傳廣那一點不像我，做事負責，胆大，心細，所以，他現在能爬的這樣快，年記才卅幾歲就當主管，自己不有點本領，能行得通嗎？看見傳廣現在的一舉一動，就叫我想起從前的自己……

婆：英雄不提當年勇，老爺子，你已經過時了！還喝一杯嗎？

子：不喝了，你是不是覺得天氣忽然悶熱起來了，還是把窗戶打開。

婆：你自己起來開吧，叫關上窗睡覺也是你，說怕夜風吹了會受風寒，你可眞痲煩。

子：有一夜你不關窗睡，不是腿酸了？我替你按摩，用熱水敷，還不是痲煩了好幾天才不疼了？你這個人就是過河拆橋！

婆：誰過河拆橋啦，說話老是寃枉人！得了，我把窗戶開開就是了！叫我做什麼事我都不怕做，我就怕人家說話不負責任，寃枉人！

（開窗）

子：噶，這一陣凉風好舒服啊，老太婆，你不會覺得冷吧，別凉着，夜裏風很凉！

婆：我又不是紙紮的，你簡直把我想得弱不禁風啦！

子：別吹牛，想當年我認識你的時候，還不是弱不禁風的像林黛玉，一會兒這兒病啦？一會又那裏酸啦！

你敢否認？

婆：唉，眞是，想當年那麼弱，結了婚，生了幾個孩子，整天為孩子做牛做馬，倒把身體練壯了，女人眞是賤骨頭。

（按摩者的響聲傳來）

子：幾點啦！你是不是覺得有點餓啦？

婆：唉，好像有點？

子：什麼好像，餓了就是餓啦？我餓了，你還不餓？有點什麼吃的？

婆：今天在秀娥家給老么兒過週歲的蛋糕，秀娥一定要我帶回來一個，你吃不吃？

子：秀娥這孩子，人緣可眞好！一個小兒子過週歲，朋友們送這麼多禮物，光蛋糕就有十幾個。

婆：這叫有其母，必有其女。

子：嘿！老太婆，這叫上自己臉上貼銀子吧，還是老王賣瓜，自賣自誇！

婆：這不是吹牛！事實就是證據，你看傳廣、傳明、傳仁、秀娥、秀英、秀玉、他們家孩子一大堆，那一個不是治理得井井有條？這還不是所受的家庭教育好、母教好？

子：如果說家庭教育好，那我這個老頭子，不能說沒有一份功勞吧！

婆：瞧瞧你又和我爭，又和我爭，什麼事，還不都是你佔上風！

子：得了！老婆子，我投降，眞餓了，快把你保管的蛋糕拿來吧！

婆：又是我去拿！你眞懶！（遠）哎喲！糟糕，怎麽叫耗子給啃啦？

子：怎麽啦？（起身、脚步）

婆：嘖嘖，瞧瞧，叫耗子啃了，這麽好的蛋糕！這還怎麽吃！

子：我說放好！放好，你總是不聽，看吧，糟塌啦！

婆：你什麽時候囑咐我的，說話一點責任都不負？

子，蛋糕給耗子吃啦，咱們吃什麽呵，我肚子還餓啦！

婆：剛才我就聽見有什麽東西呼呼拍拍的，是老鼠作怪，偏要我起來關窗戶，早曉得，起來趕耗子，也就不會叫牠啃蛋糕啦。

子：還嘮叨，老鼠啃了的東西不能吃，要生病的，丟到垃圾箱裏去算了！

婆：不能亂丟，別的孩子撿來吃了還不是生病？

子：家裏還有什麽吃的？

婆：有秀英送來的餅乾，傳明送來的瓜子！秀玉寄來的……………

子：別報告了，拿兩片餅乾來吧，我餓壞了！

婆：又是命令我去拿，耗子啃了我的蛋糕，我一肚子火兒，明天晚上我非把這個耗子捉住不可？

子：好好！別火兒，！您別氣着，我的林黛玉，您坐着，我來伺候您，我去拿！

婆：（笑了）哈哈，你這個老小孩：這才像話！

（按摩者的哨聲，飄過）

——音樂——

籠裏的兩隻小黃雀喳喳唧唧的叫着，

老頭子正在自得其樂的哼平劇，一邊打着板眼，一邊用蒼老的聲音唱着。

子：孤王酒醉桃……花……宮，韓素梅生來好……貌容……（咳嗽幾聲）（稍停）老太婆怎麽還不囘來；她就像放出去的小鳥，一放出去就不知道囘來！（對籠子裏的黃雀，大聲的）別吵了，天一亮就聽見你們這倆個傢伙吵，再不知趣，叫老太婆把你們丟出去，我可愛莫能助，（黃雀眞的不吵了）哎，這才叫聽話，（又哼起來）孤王一見龍心寵……

（門鈴）

子：大概是老太婆囘來了！（隨走隨說）老太婆，你囘來啦，你看看什麽時候啦？呵！限時信！秀玉來限時信做什麽？（低聲）哼！又爲他那口子鬧氣！這都是老太婆的主張，我就不贊成秀玉和張繼成結婚，我就看準了秀玉會受氣！

（汽車喇叭，門鈴）

子：老太婆，是你回來了？

婆：還用問，快開開呀！我拿了不少東西呀！

子：（開門）你怎麽啦？是搶了銀行了？買這麽些東西，還坐計程車來？

婆：（關門）這個拿着，這個抱着，這都是傳仁媳婦給我放在車上的，這是你的西裝料，說是傳仁從美國寄來的。

子：我穿長袍又舒服又瀟洒，這孩子送我西裝料，這不是和我開玩笑嗎？噢？這件衣料是你的？

婆：這是媳婦送我的，你看我穿合適吧！

子：亮晶晶的，這是什麽料子？

婆：大概又是什麽「龍」吧！我比在身上你看好看嗎？

子：嗯——料子，顏色都很好，可惜，穿起來顯得你胖了些！，尤其是腰部……

婆：我知道，你嫌我沒從前窈窕，算了！我把它讓給別人好了！我不能穿！

子：你又小心眼兒，誰嫌你來着，

婆：你說話的口氣，我還聽不出來？

子：好！算我說錯了，行吧！說說你一下午，在傳仁家怎麽過的吧！說完了好吃飯，飯做好了等您哪，太太！

婆：我在傳仁家摸了八圈衞生麻將！贏了四十塊錢，運氣不壞！

子：都是誰上桌子？

婆：傳仁媳婦忙着招待客人，他那些朋友，都是洋裏洋氣的，我也揷不上手，閑着也是閑着，傳仁媳婦就請郎太太，郭太太，還有郎太太的兒子，陪我打麻將，廿元一鍋，今兒我的牌可眞幸呵！兩鍋兒下來，算算我贏了四十塊！

子：你那個牌不打也罷，虧得你還能贏錢，不是人家討你喜歡，故意讓你贏的吧！

婆：你就瞧不起我打牌的技術！郎太太還直罵他兒子老供我好牌吃呢？

子：郎太太最會演戲啦！勢利鬼！說東道西，最會拍馬謟媚！

婆：罵人家幹什麽？人家又沒得罪你？

子：你呀！人家哄着你贏兩個錢兒，你就認爲他是唯一的大好人啦！

婆：我們兒子在美國得了博士學位，人家來道賀，也犯不着說壞話討人罵呀！你這個人，要是看誰不順眼，人家就是再好，也改不過來你對人家的成見！

子：得了，四十塊錢就能買你的心！

婆：你……

（小黃雀跟着吵起來）

婆：那一天，你不在家，我就把這幾隻小黃雀放走，整天唧唧喳喳的吵死人了！飯做好了？吃飯吧！我都坐累了！呵！腰好酸！，眞老了！下次眞不能打牌了。

子：別吵！（小黃雀無聲）

婆：瞧瞧，我出去玩一次，就像委曲了你什麼似的，別藉着罵鳥來罵我，人家大魚大肉的留我吃飯，我都堅持要囘來，囘來還看你的臉子……

子：誰給你臉子看啦！我是罵小黃雀，不等你囘來，我怎麼能吃飯？快吃！

婆：喝！你這菜放了多少鹽？打年靑，你就知道我不愛鹹，我也告訴過你菜鹹了不好吃，你就……

子：（把碗一摔）你還有個完沒有？人家做好飯等你，等得你心焦，好容易等囘來，你看你嘮叨起來還有個完沒有？

婆：（一驚）呵？你今天怎麼這樣大的火氣？（哭着說）好哇！你拿碗摔我！我跟你生兒育女，受了一輩子苦，吃沒吃的，穿沒穿的，到老了還受你的氣！唉！我這是什麼命呵！

子：你哭什麼嗎？我又不是摔你，我碰了桌子，碗從桌子上摔下去，我什麼時候摔過你！說話要憑良心！

婆：唉！反正我老了，一切都不如你的意！

子：我老了，我一切都不如你的意才是眞的呢？年靑的時候，你還不是總誇我對烹調有一手，哼！現在……那時候，也沒說我做菜鹹！

婆：你嚐嚐呵。

子：我就不相信，會鹹得不能吃——哎呀！眞鹹！怎麽同事？糟糕！你那一個罐子裝糖？

婆：白蓋子的是鹽，紅蓋子是糖。

子：我還以爲白蓋子是糖呢？爲了你不吃鹹，我就把菜裏，多加了兩湯匙糖，唉！弄巧成拙，結果是放錯了鹽！這叫自討沒趣！

婆：我怎麽知道你放錯了？就是說說你也不犯法呀！

子：別說了！老太婆！你有理！好吧！勉強吃點吧！下不爲例！我認錯！吃吧！老太婆！

婆：你以後叫我老太婆，我不理你！

子：呵，難道說，你不是老——太——婆？

婆：老爺子！別說了！吃飯！

子：遵命！

（小黃雀代替兩個老人吵起來，喞喞喳喳的）

——音樂——

又是按摩者哨聲傳來。

子：（低低的）老——你還腰疼嗎？要不是叫個按摩的來給你按摩一下？

婆：……

子：你睡着了？還是還生我的氣？

婆：沒有。

子：腰還疼嗎？以後再打牌，少打兩圈，逞強有什麽好處？贏的那幾個錢兒，還不够吃藥的，我看叫個按摩的來吧！那幾塊錢別省了！

婆：我的腰不疼了，洗了個熱水澡好多了。

子：那你爲什麽翻來覆去的睡不着？

婆：我心裏想着秀玉那孩子！不知道現在怎麽樣了？

子：唉！還是個孩子！要是他們生個孩子，張繼成就會對他好一點，男人一做了爸爸，就有了責任。

婆：秀玉的信在那兒？

子：在枕頭底下。

婆：把燈開開。

子：別看了，睡吧！旣然決定後天去高雄看他們，明天我寫限時信給他們，讓他們來車站接你。

婆：唉！這些孩子們，就是結了婚成了家，還是揪着父母們的心哪！你瞧瞧！這封信寫的多可憐，我不知張繼成怎麽虐待我的秀玉呢？她在家裏是最小的，吃過誰的虧呢？唉！結婚一年多，夫妻就不像夫妻啦！

子：秀玉這孩子也太任性，已經看出張繼成不可靠，還是非嫁給他，向別的女孩子示威，這還不是自己吃虧！把婚姻當兒戲，受罪的還是自己！當初我就不贊成……

婆：不贊成你爲什麼還答應？

子：我不答應也得成？你是丈母娘看女婿，越看越好，加上張繼成那兩片會說會道的嘴，就把你這位老泰水給迷惑昏啦！

婆：我看他文質彬彬，蠻老實的，誰知道他會變？唉！瞧瞧女兒的信寫的多可憐……

（玉聲）：媽！你快來！快來救我！我要被張繼成害死了！他不滿意我，他又去找從前的那個女朋友，他說我是他的絆脚石，他說我是他的累贅，今天我向他理論，他竟舉手打了我，說我追求他，硬要嫁給他！媽！他欺侮我！我決定和他離婚！可是他又不讓我走！他說如果我走，他就自殺！媽！怎麼辦？你快來！我要死了！媽！我等你！

你可憐的女兒秀玉匆上

婆：唉！我可憐的女兒，是媽的錯，我應該阻止她別嫁給他的！

子：你當時要是眞阻止，說不定，他們倆要用婚姻不自由，雙雙自殺來威脅我們做父母的呢？瞧瞧報紙上那些殉情的男女，難道都是父母的不是？他們就一點錯都沒有？戀愛有自由，這是對的，可是「亂愛」會引來殺身之禍！

婆：女孩子們天眞爛漫，他們怎麽會辨別的那麽淸楚？

子：這就是做父母的責任呵！可是管多了，又惹年靑人討厭！……

婆：聽！別說話！有什麽動靜？

子：呵？什麽？

（嗶嗶的紙聲，有物滾動聲）

婆：（低低的）耗子！

子：嗯！耗子！

婆：牠又看中我今天帶回來的點心了，這些鬼東西，鼻子最尖，讓你買的耗子藥買了沒有？

子：擺在那兒牠聞都不聞，專檢好吃的吃，再說藥死了，找不到鼠體，不知臭死在那兒，會引起鼠疫呢？

婆：聽你這話，讓他偷吃了東西，就算了？

子：不算了，就起來打！

婆：輕輕的，我拿掃把，你拿煤鏟，今天夜裏，非把牠鏟除掉不可。

子：好，這叫「夜戰群鼠」！（笑）

婆：別出聲，你到那邊去，敲一下響，把牠趕過來，我就用掃把撲！

子：好！

（輕輕走過，伴奏着音樂）

鐵鏈噹啷一聲

老鼠唧的叫一聲

跑、跳、音樂，脚步，加雜着兩個老人的聲音。

子：這兒，

婆：那兒！

子：捉住了嗎？

婆：跑了！

子：快，我截住牠了，快打！

婆：你還跑，你還跑，哎喲！

子：老太婆，你坐下幹嗎？

婆：我摔倒了，該死的耗子，快扶我起來，哎喲！

子：我說你胖，你還不信，你看事實證明！你跑不動了！

婆：我那兒是胖，是，觔骨不靈了，老爺子，我看，以後我們養隻貓吧，每天夜起裏來追打耗子，可眞辛苦！

子：上次不是養了隻跑走了嗎？

婆：我們現在有了鳥，有了活物件，小貓就不會跑走了。

子：哎，也許，小貓聽鳥兒吵，比聽我們倆吵有意思！

（按摩者口哨）

婆：老爺子，把按摩的叫進來吧，這下摔的可眞夠受的，要是不按摩，我怕後天去不了高雄了！我的秀玉要急壞了！

子：這筆按摩費和車費，都應該算在秀玉的賬上，不，應該算在張繼成身上！

婆：我就不贊成你對張繼成的成見這麼深，他總是你的女婿呀。

子：我就不喜歡，一個年青人太過機靈，太機靈了，就顯出虛僞，比如說他對你，爲了要得到秀玉，甜言蜜語說得多好聽，等把媳婦騙過去了，你看他，就原形畢露了！

婆：繼成這孩子，聰明，機靈是有的，可不是壞。

子：可眞怪，怎麼你對你這位女婿却這麼偏愛，處處護着他？他給你什麼好處啦？

婆：對女婿好，還不是哄着他對自己的女兒多愛護，也省得做母親的總躭心女兒受氣！

子：你這一番心是白費，看吧，這次你去他家，住不上幾天，他就會討厭你這位丈母娘囉嗦了！你看雜誌上，看電影裏，全世界的女婿，那一個是對丈母娘有好感的？我看，還是我去高雄吧！省得你去讓人家討厭！

婆：你去？哼！你那個牛脾氣一發，領着女兒回臺北了，以後怎麼辦，一個做岳母的，要懂得小兩口的心理，打是親罵是愛，吵吵鬧鬧增加情感，勸勸說說不固執自己的意見爲意見，女壻爲什麼偏要討厭丈母娘哪，有些小家庭還眞需要個老人替他料理一切呢？

子：你個女人家，我怕你坐火車，上上下下的多叫人不放心，不如……

婆：繼成這孩子是個明事理的人，只是脾氣倔了點，再說秀玉的性子，也叫我們慣壞了，不能老依着她呀！哎喲，我的腰好痛，老爺子，快去叫按摩的來呀，你看你，一點都不體貼我——

子：又是我不對，我看女兒女婿都好，只有我這個老頭子不好了。

婆：快去呀！有和我拌嘴的時間，按摩的早叫進來了！眞是……

子：住嘴吧，老太婆，我馬上就去！（喊着）按摩的……這兒來！

按摩者的哨聲漸近。

——音樂——

火車行近聲，車上人聲

聲：老太太，您一個人是從那兒來呀，帶這麼多東西？

婆：我是去高雄看我小女兒的，小倆口鬬氣了我去勸勸，住了幾天，這些東西，都是他們送的，吃的用的都有……

聲：您眞是好福氣，其實像這些東西，還不都是臺北運去的，大熱天，叫您這麼個老人家來回跑，可眞够瞧的——

婆：自己的孩子嗎？路途再艱難，做母親的總不能不管呵！

聲：老太太，您有幾個少爺小姐呀！

婆：我有三男三女，都結了婚，都做很好的事，我的老二在美國已拿到博士學位，老大嗎？做個小主管，老三經商，三個女兒嫁的丈夫都還不錯，還有十幾個孫女，孫子和外孫女，外孫子……

聲：你眞好福氣，都住在一起嗎？

婆：可不是嗎！兒子媳婦，都一定要我跟老伴兒去住在一起，女兒女婿也不肯放我走。可是年靑人的事，做老人的，也不能總麻煩他們……

聲：你這位老太太可眞好福氣，有那麽孝順你的子女。——到臺北了，我來幫你拿吧！

婆：謝謝！他會來接我的——

聲：他？誰呀？

車停聲，車站人聲

婆：（大聲）他——我的老伴兒，他已經在月臺上了，謝謝你呀——老爺子！我囘來了！

子：你囘來了！累着了吧！看看，又帶這麽多東西，我來拿！

婆：女兒女婿孝順，非給不可，我怎麽好意思拒絕，你這兩天可好？從離開家那天，我就掛心你吃不好，睡不好的，女兒還叫我多住兩天呢？說什麽我也得趕囘來——

子：沒和繼成生氣？我寫去的信收到了，我囑咐你多玩兩天，我又不是小孩，還能不會管自己！

婆：妮子怎麽樣？腸胃好了吧！

子：好了，這小貓就對你撒嬌，我管她，她什麽都吃！前天晚上逮了好大個耗子！

婆：哈哈！我就知道妮子乖！有了「妮子」，我們這些吃的，就不會叫耗子啃了。

子：秀玉爲什麽和繼成鬪氣？

婆：唉！說出來，不值一提——（神秘的）秀玉懷孕了，鬧孩子，心理不正常，過了這兩個月就好了！

子：繼成也應該瞭解呀！

婆：男人總是粗枝大葉的——

子：男人可不能一概而論，我從前——

婆：你從前還不是一樣，牛脾氣一發，就不管我死活——老爺子，叫三輪車吧，坐計程車我頭昏。

子：你站在這兒等，我去叫車——

車站人聲——

——音樂——

兒童樂園中孩子們愉快的聲音

衆孫子們：奶奶……外婆，外公……我們到那邊去玩了！……

（一哄而散）

婆：小美呀，小仁呀，小心點，別亂跑——（擔心的喊着）

衆：是啦，（跑遠）

婆：唉，這些孩子們，一到了有玩兒的地方，就管不住了，老爺子，你在那兒呀！

子：我在這兒坐着呢？老太婆，你眞傻，你能跟得上孩子們跑？

婆：這些孩子！一見着有玩的，就把我們拋下不管了！

子：有他們大姐姐，大哥哥帶着他們不會出錯的，咱們好容易出來逛逛！你別又去操這麽多的心吧，先坐會兒，回頭咱們找地方也去玩玩。

婆：哎喲，我這兩個脚後跟兒，走的可眞疼。

子：老太婆，你下來看看，你是選那一樣娛樂娛樂自己？地下走的，還是天上轉的？

婆：都是孩子們的玩藝兒，那有咱們玩的！

子：既來之則玩之，年老人要有孩子一樣的心情，才能長生不老。

婆：那邊「迷魂陣」，是什麽玩藝兒？

子：「迷魂陣」？咱們現在不能入迷魂陣了，那是年青情人最喜歡的遊戲，轉來轉去找不到出口，樂得在裏面捉迷藏，咱們兩個老的進去，要是半點鐘走不出來，你又得駡我吃飽了飯撑的，故意替自己找麻煩了！

婆：瞧你，要玩什麽，你就決定，別我說完了，你又覺得不合意！

子：女權至上，當然還是徵求你的意見！老太婆，我們去玩那個好嗎？

婆：喲，坐在那麽個鐵匣子裏，轉上去不頭昏呵？

子：來吧！試試看，怎麽沒有一點冒險精神？從那上面可以俯瞰基隆河，兒童樂園全景，我們就權當九九登高吧！每人兩塊錢五分鐘，咱們可以多出四塊錢，坐十分鐘，怎麽樣，敢不敢試試？

婆：這有什麽不敢的？走吧！（兩人脚步）

子：哈！這才是我的老伴兒，這是溜冰場，不是用冰刀，是用輪子溜的，沒意思；（可以聽到時間已到的鈴聲）

子：快走兩步，剛好到了一次時間，（對控制員講）哎，我和我太太多給四個銅板，等第二次時間到了，我們再下來，可以嗎？

聲：好的，請坐上吧！

子：來吧！老太婆。

聲：請把鐵鍊掛上，扶好把手，（鐵鍊聲）

婆：他把我們當小孩子？

子：這是人家的職責，應該對遊客這麽囑咐的，小心，要開動了。

婆：怎麽還不轉呀！

子：人家要等其他的人坐好才能開動的，否則，轉動一次，電錢還不够呢？攀住我的胳臂，要開動了！（開動的鈴聲響）

婆：呵！哈！

子：怎麽樣？我說好玩吧？你是第一次開洋葷吧？

婆：你怎麽知道這個好玩？

子：還不是孫子們帶我來玩過的。

婆：敢情你先來玩過，從前也不告訴我，哈，下去啦……又起來啦！

子：你看，滿城燈火，多好看！

婆：這條基隆河白天看着沒意思，晚上看，倒是別有一番景緻！月亮在水裏，河上還有划船的……

子：記得我們在南京玄武湖划船嗎？

婆：湖邊的垂柳，湖上的賣食物的小艇子……我們一邊划船，一邊吃零食……

子：哎：又升起來了！好風涼！老太婆，記得從燕子磯上下看長江嗎？

婆：怎麽不記得？有一次你還吓唬我，要從燕子磯上跳下去自殺……

子：我叫你想的是燕子磯和長江，誰叫你說我自殺的事啦？

婆：那是過去的事兒，現在說說有什麽丟人的，你想自殺是爲了我們的婚事有困難，你要表明愛我的心思！

子：什麽愛不愛的？別肉麻了！那些陳穀子爛芝麻的還說它做什麽？（鈴聲響）老太婆，我們還有一次機會……想一想，還是大陸上玩的地方多，你記得在北平北海溜冰吧，那大冰場任你溜來溜去，現在想起來，我好像是飄在冰上一樣，現在你看看像這種輪子溜冰有什麽意思？（溜冰場上輪鞋滑動）

婆：再有意思，反正你也不能溜？

子：我看，我要是有恆心練練，還是不成問題！那一天，我讓咱們大孫子來教我，我說：財政部長，提明兒，在家庭預算裏，給我預算一雙輪子溜冰鞋如何？

婆：你已經退休了，就好好的靜養吧！留着你那把老骨頭等咱們明兒格回大陸，去北海再溜吧！

子：你呀！什麽事都不服氣我！提明兒，我非做你看看不可，別看是老骨頭，還是很硬朗，你假使不給我買冰鞋，我就借大孫子的冰鞋試試……

婆：你這個脾氣什麼時候才能改呀，說風就是雨，就是說要買冰鞋也得好幾百吧！我們生活預算裏，沒有這一筆！

子：就算你送我的生日禮物不得了？

婆：還送你生日禮物？算算自從我們結婚以後，你送過我幾種禮物？算得出來的，就是那個結婚戒指是你送的……

子：就這一件，比送給你全世界還滿意，

婆：滿意？哼……

子：（鈴聲響）注意，老太婆，第二次開始了，好好把握機會看，我們多用了四個銅板，不能浪費，四個銅板，轉眼就轉完了！又升起來了，哈！很有意思！看見嗎？孩子們也都到這兒來玩了！

婆：在那兒？（大聲喊）呵，小美，小仁，大慶，大爲，奶奶在這兒呢？看看奶奶在天上！望上看！

子：小英，小弟，二慶，次爲呀，看見爺爺嗎？爺爺也在上面呢？哈，降下來了降下來了！

孩子們：爺爺奶奶，別下來，我們一齊來轉！

子婆：好！快來！我們一齊來轉！（兩老和孩子們大笑）

——音樂——

老爺子疼痛的呻吟，小黃雀唧唧喳喳的叫。

子：哎——哼——喲——

婆：（遠）妮子？乖妮子；你到那兒去了？來！妮子！

（小貓叫了一聲）

婆：乖妮子，吃飽了？瞧你胖的？以後不能光吃飯不做事，怎麼連老鼠都不逮了？不聽話奶奶可要打你！聽見嗎？

子：哎——老太婆——

婆：妮子！我的乖小貓吧，不要再去吓唬小黃雀，那是老爺子的鳥，他會生氣的。

子：老——太——婆——我叫你！聽見嗎？

婆：聽見了！等一會，我預備給你蒸猪肝！

子：你來嗎？

婆：（近）什麼事呀！這麼急不可待的！剛把猪肝切好放在案板上你是吃蒸的呢？還是燉的？

子：等一會兒再說，人家摔傷了腰，你也不說安慰安慰人家，就只記得和你的貓說話！

婆：我在給你蒸猪肝呀！老爺子！

子：你不知道人家多難受，混身酸痛，這胳臂腿兒，好像都不是自己的似的。

婆：老爺子，別怪我嘮叨你，人老了就是老了，不能硬裝年青的，你說你這麼大年紀啦，還去溜什麼冰麼？你瞧，摔的這個慘像，有什麼意思呢？

子：我摔倒，並不證明我老了，那是意外而已，要不是傳廣的小二子我也不會摔倒。

婆：自己技術不行，摔了，就是摔了，也別嘴硬！

子：誰嘴硬來着？怎麼我說了這麼多遍，你就是不相信，我不是告訴過你嗎？我正和大孫子在研究內八字，外八字，忽然聽見小三子嚷着說，小二子跟人打架了，我這猛一抬頭，就來了個仰面倒兒，四脚朝天，摔了個實着，要不是這一驚，我決不會摔倒的。

婆：唉！小二子怎麼老愛打架呢？傳廣也不管管他！

子：傳廣的事情忙，他太太整天又忙着應酬，家裏的事，都交給佣人怎麼成，家裏孩子多，怎麼照顧得來？

婆：那怎麼大孫子的品性好，功課又好？對父母又孝順呢？

子：這都是在孩子們自己，懂事理的孩子，知道管束自己，好好用功，不替父母惹麻煩，就是孝順啦！小二子是人家引誘壞的！

婆：我們生這麼多孩子，也沒覺得他們叫我們煩過心？這麼傷腦筋。

子：我們那個時代，和現在不一樣了！現在的誘惑太多，爲滿足慾望出現的花樣就多了，經不起誘惑的孩子，就容易墮落！哎——喲——

婆：是傳廣自己去保出來的嗎？

子：是小二子的媽去的，傳廣有這樣不爭氣的兒子，還有什麽體面？

婆：休息一會吧，我去給你做猪肝！

子：哎！老太婆，你答應孩子們爲我過生日啦？

婆：孩子們都贊成，我怎麽反對得了？

子：在這種戰亂期間，還是節約救國要緊，過什麽生日？

婆：老爺子，這也是孩子們的孝心。但願生日那天你的腰能完全好，不要哼哼喲喲的殺風景！

子：好好，不聽你的也得聽你的，你總是有理由。

婆：（遠）打你呀！妮子！你怎麽把爺爺的猪肝給吃了？那是給他加營養的呀！（近）老爺子！你看，我給你切的猪肝叫妮子偷吃了！你說氣人吧？

子：算了，妮子吃了等於我吃一樣？

婆：一樣？

子：牠不也是你的寶貝嗎？

婆：哼，你呀！連貓兒的醋也吃！

大人和孩子們的聲音！爺爺爸爸祝您生日快樂！我們走了，我們回去了。

（一片告辭聲後轉寂靜）

子：老太婆，累嗎？你忙了一天啦！唉：今天這個生日過的可眞好。

婆：還好，你的腰怎麼樣？是不是還稍微有點痛？

子：有一點，不太厲害，我想今晚再按摩一次就好的更快了！

婆：我想那個瞎眼老頭子，一會兒還會過來的，這些日子，我們成了他的常主顧了？

子：是呵，這種沒兒沒女的老年人，也怪可憐的，在街上轉半夜，不一定能賺幾個錢兒。

婆：天下公平的事兒很少，我們這麼多兒女，他却連一個也沒有！到老來還得自己出來奔吃喝！

子：我們也沒有靠兒女吃飯呵！兒女有兒女的天下，看見他們成家立業我們也就滿足了。

婆：有時候，閑下來我就在想，兒子媳婦都要我們住在一起，爲什麼不住在一起呢！

子：那可是你自己的意思呵，你說你怕吵鬧，要淸靜，要眞是住在一起，那今天的生日這麼多兒孫老遠跑來爲我們慶賀，就不會覺得格外有味了。

婆：兒孫們難得懂得「養育之恩」的，所以今天才這麼熱鬧。

子：那是兒媳婦女婿都喜歡你，

婆：假設每個家庭，都像我們這樣，那就够有意思了，你說是不？

子：當然啦，

婆：唉，看着孩子們漸漸的長大成人，心裏又是喜，又是酸，再看着孫兒們一個個的出生，雖然自己的光陰，都已消耗在他們身上，可是心裏並不覺得浪費，相反的，倒有一種豐收的感覺。

子：哈，老太婆，你這句話，像有很多哲理存在。

婆：哎呀，難得您老爺子誇獎我一句。

子：我再不捧你，還有誰來捧你？

婆：別捧啦！幾十年的老夫老妻了，說正經的，要不要給你荷包兩個蛋？

子：你這一提，我餓了！剛才給孩子們鬧的也沒吃好，菜都叫他們搶完了，我還吃什麽？哼！美其名是爲我過生日，得實惠的倒是他們。

婆：他們還不是送了你許多生日禮物！還有蛋糕呢？

子：放好沒有？別再叫耗子啃了？

婆：現在有妮子，耗子不敢來，雖然牠不逮老鼠，可是有隻貓，總會吓耗子的。貓總是貓！

（按摩者的哨聲轉來）

子：老太婆，先把按摩的老頭子叫來吧！那麽你多煮兩個蛋，也請他來個宵夜吧。

婆：好，你別再亂動啦，省着再傷着那兒，等我叫他進來！妮子，來陪老爺子！（貓叫聲）妮子乖，乖寶貝的！

子：妮子！來！到爺爺這兒來！（貓叫）哈！好乖妮子！

（哨聲近，寂寞的飄過夜空）

——劇　終——

愛難曲

受難曲（前部）

根據法國 Piere Mure 的「慾之上」（Beyond Desire）編劇

人　物：

約翰、賽柏斯汀、巴哈（John Sebaction Bach 1685–1750）德國音樂家。

巴哈夫人　琳娜

菲力・孟德爾遜（Jacob Ludwig Felix Mendelssohn 1809–1847）德國音樂家，猶太人血統，誕生於昂不爾厄，是浪漫派成熟期音樂作家。十七歲寫有仲夏夜之夢序曲（Overture A Midsumer Night's Dream）一八四一年任柏林樂隊長，父爲著名銀行家，家境富裕，是音樂家中之幸運者，其作品之格調精雅優美，旋律芬芳輝麗，管絃樂樂法卓越與清澈，曾贏得全歐洲的重視，不幸於卅八歲逝世。（註，報幕者不必全文播報，此作演員參考）

亞伯拉罕・孟德爾遜——其父，德國著名銀行家

麗亞・孟德爾遜——其母，德國貴族

芳妮——其姊，畫家

卡爾・克林格曼——其友，外交家

佛德烈・蕭邦——哀愁的音樂家，波蘭人，（Frederic Francois Chopin 1810–1849）是法蘭西浪漫

派盛期作家，曾與英國女小說家喬治桑戀愛七年，有肺病。著名作品 Prelnd Walts Concerto

等，享年亦只有卅九歲。

喬治・史瑪特爵士——英國倫敦愛樂交響樂團主任

瑪麗亞莎拉——意大利著名歌劇女演唱家

其他，人聲效果。

受難曲隱約奏出……

琳娜：（低而憂怨地）上帝，你聽到了嗎、那是他爲你寫的音樂，你聽到了嗎？憐憫他吧！他爲了你的聖樂，已經獻出了他的眼睛，爲什麽你却降窮困、疾病給他一身？你是懲罰他嗎？聽，他還在爲你彈琴，我愛的約翰！彈吧！你會快樂……願你的靈魂安息；唉，我無法忘記那些往事，是甜蜜和悲劇的過往啊！我彷彿聽見他喊我！

（回聲）

巴哈：（蒼老的）琳娜：讓我去彈一會好嗎？

琳娜：約翰，已經夜深了，天又這麽冷，你的眼睛又看不見！

巴：琳娜，我會摸索着彈的，我就彈一會，輕輕地……

娜：你是湯聖瑪教堂的合唱隊長，人家不准你彈弄大風琴的……

巴：我聽你的話，不叫他們聽見，只彈一會就回來……

娜：好，我扶你去，慢慢地走……

（自語）音樂奪去了他的眼睛，也奪去了他的生命，可是那些音樂、却沒人要，那些聖歌、序曲、追逸曲、彈奏曲、他喜愛的巴沙加利亞，彌撒曲，以及他最愛的根據馬太福音所寫的我主受難曲，他都傾注了所有心靈，信仰與希望，希望所有人們進入更好的世界，可是他自己却是個受難者約翰·你的時間已經過去，我的却剛剛開始，我們同住卅年，你却跟你的樂譜一樣隨風飄去……可是你的音樂，仍飄在我的心裏……假如現在你看見那些樂譜像垃圾似的被弄走，被遺忘，你會怒吼、暴跳如雷……但是……約翰、你對我，仍然是最溫柔的丈夫……（樂聲漸大），上帝！你聽，他沒有死，他仍然爲你彈奏音樂，而且直到永恆，接受他吧，偉大的靈魂，那是約翰、賽柏斯汀、巴哈。

（受難曲樂聲強大、隱去、馬車聲駛近，）

車輪轆轆

卡爾：（忽然嘆息的）唉！全爲了女人！

菲力：忘了他吧！把這女孩子從腦中除去，立刻你就安全的到達英格蘭了。

卡：哼，只爲那麽個女人，我現在必須在大清早，羞恥的逃出柏林，急忙而陷身債務。

菲：勇敢點，你馬上就會愛上英國，那兒女孩非常漂亮！

卡：哈，女孩子，謝謝你別再提女孩子好不好？

非：你現在這麼說，過不了一個月，你又忙着去戀愛了。

卡：你這樣認爲嗎？

非：眞正的愛情是無價的。

卡：這麼年輕的人，怎麼會說出這麼無聊的話來？你難道不知道最貞潔的女人是最貴的嗎？

非：如果她愛你就不貴了。

卡：當然我有你那麼漂亮，事情就完全不同了，哼，現在，却要我流放到多霧的英國去。

非：你是外交官，漢諾威大使館的秘書，每家的門，都會爲你打開，歡迎你，尤其是女孩子……

……女孩子，有張天使般的臉，女巫的心肝，菲力，告訴你，女人在基本上是魔鬼。她們在世上的使命是使男人心碎，使他們皮包空空，毁壞他的生命，唯一的辦法，就是認爲她們不存在……

非：女人，並不是全一樣，有些非常好……

卡：當然，對你不同，你是天之驕子，你不是普通人，你有一切——容貌、天才、金錢。

非：你不應該那麼說，我父親說：「我比起銀行家羅斯柴爾特，只像個乞丐。」

卡：我的好朋友，任何人比起他來都像是乞丐。

非：我父親會警告我，如果我不工作，以後只好進救濟院。

卡：哼，那是我們種族的本能，所有猶太父母全是這樣，當我父親收到我的賭債的信和賬單時，他給我一封又酸又長的說教信，他說他正面臨破產邊緣，可是我知道，他正在慕尼黑開家新銀行。

菲：生命中有許多比金錢更重要的東西。

卡：你說話像個藝術家，他們每個人各有不同的精神，他們假裝卑視金錢，心裏却想着它。

菲：我就不是。

卡：那是因為你有了，你有一切，兩個崇拜你的姐妹，一個美而富的未婚妻，更重要的，是有個銀行家爸爸。

菲：妮娜不是我的未婚妻。

卡：誰都知道你們快結婚了。

菲：因為我們是一塊長大的，家裏決定婚事時，我們都還在搖籃裏。

卡：再重要的是你有天才——這對百萬富翁說來，一點用處沒有，才廿六歲，就是大作曲家了。

菲：咦，你也知道？你不是討厭音樂嗎？

卡：對，我希望能把話說得禮貌點，我仍然以為音樂是不必需而浪費的噪音，你現在有名是事實，上帝對你比較和善，也許你要付出代價，也許你也會遇到丟棄我的那樣的女人，那時你才會明瞭以怨報德的愛情折磨，相信我，如果有她，就決心先放棄，記住，女人只可分為好與壞兩種，好的女人永遠想改造男人，結果把男人變成說謊精或神經病，另一種是魔鬼，不過她們比較誘惑人……

驛車鈴聲，馬嘶聲

菲：好了，卡爾，驛站到了，到倫敦再見你吧，爲女人保重你自己。

卡：菲力，記住老朋友的話，女人只有好壞，沒有天使！

菲：再見！

卡：告訴伯父母，我又爲女人逃亡一次！哈哈（大笑）

馬車聲遠去，音樂，高跟鞋聲由遠而近、門聲。

芬妮：菲力！佳斯，少爺還在睡嗎？

聲：是的小姐。

妮：菲力，起來，你這位睡覺大王！（大聲叫）喂，起來呀！中午啦！

菲：嗯？（迷糊地）

妮：睜開眼睜呵！佳斯，我看要用冷水來澆澆少爺了！起來，起來，這樣搖你，總該醒了！菲力，我接到維廉的信，有好消息告訴你，醒了嗎？

菲：嗯？呵哈！姐姐，芳妮，早！

妮：還早呢？中午啦，媽媽要你去看她呢？告訴你，維廉春天就要回來了。

菲：呵，那個窮畫家，回來和你結婚？還是和你一同開畫展呢？

妮：你高興嗎？

菲：不，我嫉妬我的姐姐嫁給他！他眞要和你結婚嗎，我想他是爲了你的嫁奩吧！

妮：那是爸爸諷刺他的話，你不相信那是爲了愛情嗎？呵，假如你知道愛情的美。

菲：你怎麼知道我不知道？有一天，也許我和妮娜結婚，也許會熱戀。

妮：其實不然。

菲：怎麽？

妮：你吻她的時候，聽見音樂，和鳥聲鳴啾嗎？

菲：嗯，你聽見過嗎？

妮：如果你碰到你眞愛的女孩子，就是在下雨天，你也會感覺到陽光溫煦、會覺得像散步在九霄雲外。

菲：姐姐，我想像你現在、已經和維廉在九霄雲外散步了。

妮：呵，好弟弟，你眞瞭解我。

菲：可是爸爸却要我娶沒感到有愛情存在的妮娜，他老人家，滿腦子就是希望我結婚，成家，進銀行工作

妮：今天爸爸回家午飯，也許要給你安排一次不多不少的訓話呢！

菲：哈哈！我只好聽這位大銀行家的演說了，我的音樂是用他的錢培養出來的呢！唉！我的音樂却只好暫

時廻避。

（敲門聲，有禮貌的兩下）

聲：非力少爺，夫人在她屋裏等您去。

非：我知道啦，姐姐，下午有時間再陪你談你最親愛的畫家維廉吧！

——音樂——

（敲門聲，輕輕的）

亞：進來！（脚步聲）

非：母親！

亞：非力，很高興見到你，用人們告訴我，你最近常常淸晨才回家？不要分辯，我並不想知道那個女孩的名字或職業，我只想知道是不是眞的。

非：母親，事實上這是件討厭的事，動機是希望幫我朋友卡爾的忙，我必須守信，別擔心，我旣未昏了頭，也沒迷了心，我只覺得有點傻。

亞：好！這就是我想知道的，工作了嗎？

非：我校對了仲夏夜序曲的樣本和C調交響曲改爲四手連彈的樣本。

亞：那位出版家？辛蕭格還是布里考夫？

菲：都不是。倫敦的克拉謨。

亞：很有意思，英國人比我們德國人欣賞你，很奇怪，往往本國的人才被外國人發現出來。

菲：也許仲夏夜之夢是莎士比亞作品的緣故。

亞：可是交響樂不是的，八重奏與四重奏都不是的，照樣受到倫敦熱烈的歡迎的，菲力，你想去倫敦嗎？

菲：我不喜歡，你不知道我多喜歡英國，可我是德國人，我的思想感情全是德國的，我的家在這兒！

亞：孩子，我多高興，我知道你是怎麼樣想法！對於你的才能，我是絕對相信的，你的音樂老師，曾對我說，他無能力教你了！你記得巴黎音樂學院的院長加魯比尼嗎？他是個虛榮而野蠻的人，可是他曾被你的即興曲與追逸曲感動得說不出話來，哈！想起他那付尷尬面孔就可笑！（笑）

菲：母親，是的，是的！（也笑起來）

亞：菲力，你今年廿六歲了，我眞爲你驕傲，記得你是在十二歲時寫下一個四重奏，十五歲作C調交響曲，十六歲寫仲夏夜之夢序曲……我親自看你指揮職業的交響樂團……

菲：別誇獎我了，您的織針掉了。

亞：孩子，你眞是我漂亮又有超人智慧的好兒子！

菲：母親！我眞感謝你！

（敲門聲，較重）

亞：是你爸爸回來了，（小聲）菲力，你的請款單太多了，很叫他不高興呢？請進來！（脚步）

菲：爸爸！

罕：呵哈！偉大的音樂家，我沒有和你一齊用早餐的榮幸，你工作的太晚，應當好好休息！只好現在趕回家來看你！

菲：爸爸，我很抱歉，我……

罕：麗亞，都是你鼓勵他弄什麽音樂，縱容他的懶，享受，不想工作。

亞：亞拉伯罕，等他完全成功的時候，全德意志都會引他爲榮呢？你相信嗎？

罕：（輕蔑的）哼！我不相信，我只相信，我們猶太人在財富上的機智，我不以爲弄什麽音樂，會有什麽好結果！

亞：好啦，老爺！我要到屋外去晒晒太陽，你和菲力談吧！（小聲）菲力，好好聽他話，不要頂撞他！

菲：是的！母親（脚步聲遠去）

罕：音樂家，你的許多賬單到銀行來兌現，以及你常送來那麽多請款單，使我相信，你是非常注意物質享受的，不是嗎？（拍桌）你什麽時候才開始工作賺錢呢？（來回踱步）是的，錢，你用得非常非常輕鬆，你可知道賺錢多困難嗎？

菲：我知道，可是我……

罕：我們這一家，從你祖父起到我，都是從窮困憂患掙扎出來的，才有你現在這樣的享受！我尊敬你祖父，摩西，孟德爾遜，誰不欽佩和尊敬？我父親有鋼鐵般的意志，以及特異的智慧與偉大的毅力！知道嗎？

菲：爸爸從前說過——

罕：記住，祖父是個偉大的人，他白天辦公十六小時，晚上還要讀書，寫作，哲學，歷史，社會學……他讀的書太多了，他曾經把希伯萊文聖經翻成爲德文，還寫了許多論文……我很驕傲，他是我的父親，我是他的第三個兒子，你祖父爲我們留了盛名，可是他沒有留下金錢，他只爲了改善世界，而忽略改善自己的財政狀況，所以我決心改變這一切！

菲：是的，爸爸，祖父是個了不起的人物——

罕：你知道嗎？你爸也了不起呀！我在你這年齡我已經在漢堡籌設銀行了，當然你母親的財富，曾幫了我不少的忙。她是歐洲最富有的女繼承人之一。

菲；是的，媽媽在其他方面也幫了您不少的忙。

罕：當然，可是，沒有我自己的努力，也不會成功的，你知道，在拿破崙旋風過後，法蘭西王國崩潰，我曾經被選爲巴黎會議普魯士要求賠款的委員，我以卓越的才能完成這項使命，以我的商業眼光和手段，我才能獲得現在的地位，銀行界的領袖！哼！你別以爲我有錢，比起我的朋友、銀行家羅斯柴爾特來，我只能算個乞丐。所以，你必須工作！工作！

非：您知道，我常希望自己謀生，可是音樂會很少有賺錢的。

罕：所以你不應該以音樂為職業，消遣倒無妨，養不活人的工作，不能叫工作！

非：我正等機會，或者慕尼黑，可隆，杜塞爾夫的管絃樂隊指揮死了，或者退休了，我就可以接替。

罕：哈哈！等那邊出了缺，你的頭髮已經白了！（稍停）你可以在這裏做律師，黑格爾不是很稱贊你嗎？行裏需要律師。

非：不行，爸爸，！我不是個好律師。

罕：只要不壞就行了，你並不笨，怎麼樣？妮娜如何？什麼時候結婚？

非：這……我們……我們還沒說過。

罕：倒底等到什麼時候呢？你們從小就認識了。

非：我們像兄妹，我對她一點愛情沒有。

罕：愛情！那跟結婚有什麼關係？她喜歡你，不是嗎？

非：我想是的……

罕：好了，彼此喜歡就是婚姻的基石，從前女孩子聽父母的話，現在她們儘講廢話，看你姐姐芳妮，被個窮小子迷昏了頭！你看，一定沒好結果，不見妮娜有多久啦？

菲：大約有十幾──天……

罕：下午去找她，　點花去，女人喜歡花，帶三四打玫瑰花！唉！不，一打就够了，不要浪費金錢。

菲：是，爸爸。

罕：說服她，立刻和你結婚，她的財富可以幫助你，懂嗎？

菲：是，爸爸。

（敲門）

聲：老爺，財政部史坦茲伯爵來了。

罕：好！去吧！

菲：是，爸爸。（走）

罕：噢！記住，結婚是當務之急，它會給你適當的責任感！去吧！

菲：是，爸爸。（走）

罕：菲力，我聽你母親說倫敦約你去？

菲：倫敦的愛樂交響樂團主任，喬治，史瑪特爵士寫信來，邀我去演奏自己的作品，這是他的信。

罕：（看信）哼，喬治爵士說全倫敦都在等待你，過份奉承了，可是他沒提路費，我不知他打算叫你怎麽去，游泳去嗎？這些音樂家！不過請你也是極大的光榮……不過，也許你這次旅行，對我可能有點益處，我正替財政部商量一筆貸款，希望能和羅斯柴爾特銀行的一些分行加強聯絡，你可以代我去辦辦，詳細情形，過一天我再告訴你，不過，到了倫敦，不能亂借錢！

非：是的，爸爸，我會盡力而爲的。

罕：去吧！噢！菲力，你出去的時候，到出納那兒支錢好了！

非：（眞正的服從）是的！爸爸！謝謝爸爸！

（波蘭舞曲由遠漸近至結尾）

邦：（彈奏中，有幾聲乾咳）

波蘭舞曲完，稍停，突然有熱烈的，一個人的掌聲傳來。

非：呵！好！好！

邦：呵！謝謝！你——請指教。

非：我在樓下面花店買花，聽見這麼有魔力的彈奏，就吸引我上來了。冒昧的很，賣花的老太婆說，有一個法國人在樓上教鋼琴，她稱讚你彈得好，可是他說你應該睡在床上呢？你的臉色很蒼白，是不是病了？

邦：謝謝你的關心，我只是常常的咳嗽，噢，不知你——

非：我忘了自我介紹了，我是菲力，孟德爾遜。

邦：呵！是不是寫仲夏夜之夢序曲的孟德爾遜？天哪！我眞不相信，你可知道你寫了不朽的傑作？每個鋼琴曲都非常美，你可在鋼琴上彈過？

菲：我自己彈當然和你不同。

邦：我們談四手連彈！我還要向你請教！我的名字叫蕭邦。佛特烈，蕭邦，不要誤會，我不是法國人，我是波蘭人，道道地地的波蘭人。

菲：什麽？蕭邦！那麽你就是 Lā Ci darem 變奏曲的作者了？你可知道你纔寫了傑作 ？嗯！蕭邦！

邦：哈！好個孟德爾遜！（兩人大笑）

菲：你眞了不起，我眞有福，聽到你剛才精彩的演奏！

邦：什麽精彩？明天我必須去巴黎，本來希望在這兒能賺點錢，可是，恐怕連車票都買不起了！

菲：你明天離開嗎？車票我負責 ，今天晚上是我姐姐的訂婚舞會，先到我家去談談玩玩，你喜歡跳舞嗎？

邦：波蘭人都喜歡跳舞的。

菲：那麽你可盡情的狂舞一次了，像你的手在琴上一樣！

邦：來，彈點你的作品好不好？只有上帝知道我們什麽時麽再相逢？

菲：好，可是我想奏的不是你我寫的東西，那是約翰，賽柏斯汀，巴哈的頌歌和康塔塔。

邦：親愛的老巴哈！我老師經常要我彈他的善意鍵琴曲，我瘋狂也似的愛上他了！

菲：我也是的，我認爲任何學琴的人，都必須先要練它，不過這是些不同的東西，它對善意鍵琴曲正如幾何設計對柏蘭特的畫一樣，我以爲它是有史以來最偉大的音樂！

邦：怎麽沒出版呢？

菲：它只是片段，一首大作品的最後四頁，其他的在那兒只有天知道，這是我老師齊達先生，在一家舊音樂店的垃圾堆裏翻出來的，怎麽會在那兒，誰也不知道，現在閉上眼睛靜聽，試着想像一隊合唱團，一個風琴，一隊管絃樂——

(受難曲顯現一段)

邦：動人！韓德爾的彌賽亞也沒那麽宏大！這是怎麽囘事，這樣的作品怎麽會失傳？

：爲什麽米羅的維納斯會埋在地下兩千年？囘答我？不能想像，許多大作品都迷失了，水災，戰事，遷移，或者是不被賞識，爲什麽波奇勒西和拉索只留下一點作品？希臘喜劇中的合唱那兒去了？早期格里哥里安的彌撒呢？在繪畫方面還不是一樣？你難道不知道達文奇作品傳下七八幅？人們只看過夢娜麗沙，奇怪嗎？一個活了七十多歲的人，只畫了那麽幾張畫？佛彌爾呢？爲什麽世界上只有卅七幅佛彌爾的畫？

邦：你也許說得對，巴哈正是個不被賞識的人，以致他的作品被埋沒在地下。

菲：也許說不定幾十年後，我要使巴哈的傑作名揚四海呢？

邦：不幸的人，就要靠像你這樣幸運的人來幫助了！

菲：別說了，來吧！幫我到樓下取花，就到我家裏去吧！我們還有好多話要說呢？明天我駕車送你去驛車站，春天來的時候，我也許會在倫敦了。

邦：走吧！我們眞是一見如故！

——音樂——

輪船氣笛聲，碼頭人聲。

卡：菲力！菲力！全倫敦的人都在等着你！

菲：卡爾！肥胖的外交官！又有新的女朋友了嗎？

卡：哈！她又遺棄我了，我還算幸運，從心碎中復活多少次了！

菲：勇敢的卡爾，（兩人大笑）

——音樂——碼頭人聲隱去疊入掌聲。

喬治：各位女士，各位先生，現在向各位鄭重介紹，這位是從德國漢堡來的最偉大的音樂家菲力，孟德爾遜！

（掌聲，加入歡呼；仲夏夜之夢序曲起，）——漸隱。

掌聲，歡呼，聲：孟德爾遜先生！皇后陛下召見你。

非：是！　　加入快節奏舞曲。

卡：菲力，連皇后也召見了你，倫敦已經伏在你脚底下，滿意了吧！

非：很興奮，可是再這樣住下去，就變成一隻虛榮無用而逸樂的騾子……

卡：興奮之餘，我勸你去聽聽瑪麗亞，莎拉唱吧！她簡直是人間無雙！如果你不去聽她唱歌劇，日後你的孫子會說他祖父是個白癡！

非：她是個天才我也不去聽！爸爸寄來叔父的信，說他住的西里西亞地方鬧水災，問我能否在倫敦舉行一次募捐義演，我還得去和喬治，史瑪特爵士商量呢？

卡：（醉態的）菲力！你不去聽瑪麗亞，莎拉的歌，你將後悔一生！有魔力的女人！

非：保不定見了她就會遺憾終生呢？卡爾！你不只是喜歡她的歌唱吧，別喝了，你醉了！

卡：哈哈！有人說，有人愛上她就是自殺呢！哈哈！我願意再自殺一次，也有人說她也像是一陣旋風，會捲去你的一切！

——音樂——

非：爵士，你以爲如何！英國人會理會那些窮人的呼籲嗎？

喬：英國人會非常的慷慨，你可以告訴你叔父相信我們。

菲：我不知道如何感謝你，演奏會可以在何時舉行？

喬：至少要在七月。

菲：七月？

喬：恐怕要如此，阿格爾大廳和修道院在七月中以前全沒空，何況還要準備……

（門，突然被打開，高跟鞋聲急促的走進，旋風似的）

莎：史瑪特先生，你是個大流氓，你扯大謊，以前我還以為你是我朋友！

喬：噢噢！怎麼？你見過孟德爾遜先生嗎？這是莎拉……

莎：別人說謊，我會笑笑，因爲他說的話毫無意義，可是我最好的朋友，史瑪特對我說謊，我非常傷心！

喬：莎拉小姐，先鎮靜一下，這是孟德爾遜先生……

莎：我傷心你欺騙我！

喬：先平靜點，請你先告訴我什麼事對你撒謊呵！莎拉小姐，先坐下好吧！否則我和孟德爾遜先生都得陪你站着！（陪笑的）

菲：是的，請坐吧！莎拉小姐！

莎：你向我撒謊，你聘了我來，你說以前德國著名的女高音亨利葉蒂，桑達，是和我支同樣的薪金二千金幣，可是我現在發現，你多給她五個金幣，我認爲有這樣的差別，是對我個人和國家都是一種侮辱，你要知道，德國人是用肚子唱的，意大利人是用心靈唱歌的。

喬：呵！原來如此，這一定是書記們的錯誤，我願意付五個金幣做爲賠償，好不？

莎：你這是陰謀，是對我的藝術和祖國的一種不禮貌！

喬：決不是這樣的，你別誤會。

莎：不行，我要更改合同，否則明天我不上演羅西尼的理髮師，觀衆們會等，等，等，哼！可是莎拉不在劇場裏！

喬：可是莎拉小姐，你忘了合同上有條二百金幣的罰款規定，爲了五個金幣，你將得不償失！

莎：喝！合同！我受人欺騙，合同已經不生效了！我走了！

喬：莎拉小姐，等等，你怎麼這樣貪婪狠心？爲了五個金幣，願意讓西里西亞的人們無家可歸，飢寒交迫嗎？

莎：什麽西里西亞？

喬：非力！告訴她，

非：莎拉小姐，現在西里西亞地方遭到洪水，那兒的人們需要救濟，我們正想請你參加一次慈善義演，不知道是否可以？

莎：孩子們也被淹了嗎？史瑪特先生，請替我先支一百金幣寄給可憐的孩子們吧？

喬：你不走了吧！

莎：我要爲那些受災害的人們唱歌。當然不走了！

喬：謝謝，我要爲那些孩子們感謝你，你的心腸是和你的聲音一樣宏大優美！

莎：謝謝你的稱讚，呵！孟德爾遜先生，你可願意送我回去好嗎？我的馬車在樓下。

菲：那是我的榮幸！

（馬車聲）

莎：孟德爾遜先生，你大概到修道院花園聽我唱，是吧？也許你聽我唱過塞爾維亞的理髮師，或是露西亞……

菲：很抱歉，因忙於準備演奏，未能去欣賞，

莎：可是報紙上說你到過文郡大厦。蘭次東大厦，普魯士使館，到那些地方去，可見你並不忙，是吧？和那些蠢而有錢的小姐跳舞，也不太忙吧！可就沒時間聽我唱。

菲：眞抱歉——

莎：也許你以爲歌劇是笨人聽的，不像偉大的交響樂。

菲：正相反，莎拉小姐，我喜歡歌劇。

莎：那麽你是不喜歡我！我很醜。

菲：哈哈，醜？你是最可愛的——

莎：那麽你爲什麽不來聽呢？

非：我——我——（急躁的）可是你也沒來聽我的演奏會，我們互不相欠！

莎：可是我去了的，我聽你指揮序曲和大交響曲。

非：你——爲什麽——不來我化裝室？

莎：哼！像那些向你搔首弄姿的笨女孩，把嘴巴張得像渴死鬼？（大聲笑起來，馬車聲停住）

莎：（笑着）於是你向每個人笑，吻每個女人的手。向大家道謝，所以我不去你的化裝室，孟德爾遜，如果一個男人需要我，那麽他只能要我一個——（親吻聲）（脚步聲遠去）

非：你——莎拉小姐！（迷惑的）她吻了我！她吻了我！這叫什麽？一見鍾情？

歌劇後臺，

歌劇尾聲——鼓掌，謝幕，人聲，稍靜後，有敲門聲——

女聲：小姐她叫你等一下。

非：我是非力，孟德爾遜。請告訴莎拉小姐。

女聲：你再過廿分鐘來，好嗎？

非：呵！不敢領教！

莎：（裝腔）哈！你來了，我眞高興（很客氣的）對不起，我正在卸裝。

菲：恭喜你，莎拉小姐！

莎：下次你別送玫瑰，所有的人都送玫瑰？你送別的，好嗎？

菲：呵，好的，只要你喜歡。

莎：孟德爾遜先生，你會騎高輪腳踏車嗎？

菲：不會，我也不打算學。

莎：你怕嗎？許多人怕騎腳踏車。

菲：不，我不怕，我覺得那是種討厭的運動。

莎：那是因爲你不會，可能你摔過跤？（笑起來）

菲：告訴你我不會摔跤。只是我討厭。

莎：那麼，明天早上我們去練習好嗎？

菲：我——

——脚踏車輪聲，鈴聲，莎，菲嘻笑聲，化進馬蹄聲——

菲、瑪麗亞。慢一點，我追不上你，留心摔下來！

莎：（大聲）你不要管我，你不要追我。你這個惡棍。

菲：瑪麗亞！爲什麼你生氣嗎？你告訴我好嗎？

莎：（馬蹄稍停）你這個惡棍，你和那個女人吊膀子！

菲：什麼？那是杜新絲侯爵夫人，我只是打個招呼。

莎：她用笑容和你訂約會，你以爲我沒看見，我看得淸淸楚楚。

菲：親愛的，我發誓——

莎：你說大謊，跟別的男人一樣，你是頭猪，猪！

（馬蹄飛奔，化入瓷器擲破聲）

菲：瑪麗亞！瑪麗亞！

莎：你是隻猪，蛇。癩哈蟆，惡棍（哭鬧着）

菲：瑪麗亞，我求你安靜，瑪麗亞！

莎：我要殺了你！（又是一聲摔瓷器的聲音）

菲：瑪麗亞、我愛你，我就愛你一個人——

莎：（忽然無力的哭起來）

菲：瑪麗亞！好了麼？

莎。菲力！我以前從未愛過人，都是男人們愛我，我一生規避愛情，我怕它會帶給我痛苦，菲力！你走開吧！也許那樣對你我都好——

菲：瑪麗亞，我怎麽能走，爲西里西亞的孩子們要演奏，你要歌唱——

莎：菲力，走吧，走開吧——菲力，我愛你！

菲：我的小瑪麗亞，現在是走不開了——

莎：（哭笑着）你會後悔的——你會後悔的——（喃喃的）

——音樂——

早晨、小鳥叫着，

莎：（慵懶的）嗯——菲力，吻我——

菲：嗯！別吵醒我，瑪麗亞我還要睡會兒。

莎：菲力，我愛你，你愛我不？

菲：那還用說嗎？

莎：爲什麽不說？愛情就像是植物，必須加以灌漑，情話就是愛情的水份。

菲：嗯！說吧！可是我睏得很——

莎：菲力，我們一起離開這兒好嗎？你和我，永遠不回來！

菲：可是，我沒錢了，我爸爸已經通知我，不能再向銀行借錢——

莎：錢？我有的是！

非：可是男人怎麼用女人的錢？這太卑鄙！

莎：什麼卑鄙？你是我的愛人，當然可以化我的錢，要不這樣，我們在鄉下租一間小房子，你寫歌劇來賺錢不是一樣嗎？你寫，我唱，我們可以賺大錢，如果羅西尼能在十三天內寫出塞維爾的理髮師，你孟德爾遜用不了一個星期，就可以寫出一部歌劇！

非：如果我們到鄉下去，那你的演唱合同呢？

莎：合同？去它的，我簽合同的時候，沒有戀愛，現在莎拉有了愛人，合同當然取消！沒辦法，愛情像死亡，無可抵禦。

非：那麼你不顧榮譽和信用了嗎？

莎：榮譽？信用？那都是廢話，現在我們在戀愛，我們要到鄉下去了，管那些做什麼？

非：可是莎拉——

莎：非力，我愛你！我愛你！你寫你的歌劇，我唱你的歌劇，呵，我愛上一個人了（大笑，哼着歌）

——音樂——

噹噹的鐘聲

非：（不耐煩的）又敲！又敲！再敲我的頭要炸開了，我的歌劇！一點靈感也沒有，從搬到這個古堡裏來，就沒寫過一個音符！一月二百金幣，租這麼個怪堡，都是瑪麗亞，瑪麗亞，你在那裏！（回聲）討厭的回聲，這個房子到處有回聲，我餓了呀！（回聲）見他的鬼！

莎：菲力，我就來了，（回音）

菲：一月二佰金幣，外加卅幾個僕人，鬼影憧憧在這麼個陰森森潮濕的大屋子裏，神經都破碎了，還寫什麼歌劇；瑪麗亞還說，「你可以在這兒得到歌劇的靈感，你可以寫出美麗的音樂」！去他的靈感吧！瑪麗亞！（回聲）你在那裏呀！這麼些房間，天橋地道，還有牢房，真不知她又跑到那兒去搗鬼啦！

莎：菲力！我就來，（回聲）

噹噹又是鐘響

菲：（大喊）瑪麗亞！瑪麗亞！我的神經要爆炸了！（回聲）

莎：（急促跑來）怎麼啦！菲力！

菲：你自己是怎麼啦？穿着皇后的衣裳，却滿臉黑污？看你散亂的頭髮，你像個瘋婆子！

莎：好菲力！別責備我！，僕人們都走了，我再敲鐘，也看不見一個人影，我只好自己去生爐子燒飯，可是，柴是濕的，再怎麼弄，都燃不起火……

菲：你這個傻瓜！什麼魘鬼使你想起用每月二佰金幣租來這個古堡！

莎：菲力！別罵我，你不懂，當我在威尼斯還是小孩的時候，非常窮，沒有鞋子穿！我常夢想，我的王子住在大城堡裏，我找到了我的王子……

非：哼！也找到你的城堡！可詛咒的城堡！

莎：我以爲你會喜歡，非力，你要怎麼樣，我都會爲你去做的。

非：可是我餓了呀！這樣的生活，我怎麼寫得出歌劇！

莎：別生氣，小非力！我現在就去再試試看，你知道我會弄的，小時候我是很窮的，什麼事情都得做，我爸爸是維多利奧的一個船夫……

非：瑪麗亞！你能少說點嗎？

莎：好，非力，你知道我多愛你，我願意你知道我的一切……

非：可是我要寫歌劇，我的肚子要吃飯——

莎：別那樣對我說話，只對我說，還愛我嗎？

非：瑪麗亞，我當然愛你，可是我希望能離開此地，否則，我眞不知以後我們倆會變成什麼結果！

莎：我承認租下這個古堡是錯誤的，那是因爲要躲避任何人，想想這個世界上只有我和你——

非：呵！瑪麗亞！我懂得……

莎：唉！我已經被一個作曲家束縛住了，恐怕終生都會這樣，你讓我死，我會去死的！

非：別那麼憂鬱吧！我的歌后！

莎：我常想，鋼琴家才配得上歌劇演唱家，我們一起旅行，一起演奏，我們是吉普賽人，藝術界快樂的流浪者……

菲：可是我却什麼都寫不出來……

莎：我的歌聲可以啓發你的靈感——（唱）

菲：（忍受不住的）不要唱！我求你不要唱！

莎：哼！人家要化錢聽我唱，而你，免費還不知足！呵！菲力，最近你的脾氣很怪，是不是討厭我了？如果，我給你的只是一時的快樂，而不覺得是幸福，你告訴我……

菲：對不起，瑪麗亞，我忽然感覺到孤獨的可怕，這麼陰濕的天氣一絲陽光也沒有……

莎：（驚住）呵，我和你在一起會孤獨？也許……（稍停）菲力！也許你眞有些不舒服了！你去散散步好嗎？老呆在家裏會變成這樣的，你回來的時候，我的飯就燒好了。

菲：瑪麗亞，原諒我，我實在太悶了，我出去一會兒就回來！

莎：（忍住痛苦）是的，一會兒回來吧，菲力，記住，我愛你，永遠愛你，吻我！去吧！

菲：一會兒見！（脚步聲遠去）

莎：呵！聖母！給我指示，我應該怎麼選擇？他已經討厭我了嗎？（哭）告訴我是不是最可怕的時辰已經到了？可憐我吧！

——音樂（很短）

菲：瑪麗亞！我回來了，呵！卡爾！怎麼你來啦？她呢？

卡：我不知道，她通知我來照顧你！

菲：什麼她走了？我去找她！

卡：她不會見你。

菲：她會！我比你瞭解她！

卡：哼！你和一個不瞭解的女人談戀愛，她不會見你！

菲：（哭泣着）她走了！爲什麼忽然走了？

卡：因爲她愛你，她怕眼看着美夢破碎！

菲：她愛我！瑪麗亞！你到那兒去了？（瘋狂的）瑪麗亞！瑪麗亞！（回聲）（聲竭力嘶）瑪——麗——亞！

——音樂——

——前部完——

受難曲（後部）

人物：

菲力・孟德爾遜(Jacob Ludwig Felix Mendelssohn)

賽西爾・金瑞奧——其妻

克利斯多夫・慕勒——萊比錫市長

威萊・克魯格議員

海根牧師

赫曼

人聲效果　舞曲

菲：金瑞奧小姐，你跳得眞美。

金：謝謝您，孟德爾遜先生，您眞是一位好紳士，不過我覺得你擁得我太緊了一點。

菲：噢，請原諒我。

金：我倒不在乎，可是姆媽和別的人都在看着我們，這裏不是柏林。

菲：你怎麽知道我是柏林來的，我們剛認識……

金：我知道很多有關你的事情呢？希望你喜歡我們法蘭克福這個小鎭。

菲：我更喜歡在這兒遇見你……你知道我已不只一次看見你了，你和你的女僕買乳酪的那天，我曾跟着到你的家門口。

金：呵，坐在我們樓下，路傍石櫈上，目不轉睛望着我們窗戶的人就是你嗎？

菲：希望你別覺得我太魯莽！

金：我對你什麽都沒想！

菲：爲什麽？

金：因爲我對你不了解呀！呵！小心……又太緊了。

菲：呵，對不起。

金：你爲什麽到法蘭克福來呢。

菲：有一些銀錢上的事情，我父親差遣我來跟羅斯柴爾特行有些交涉，過不幾天就得回去了……

金：呵，眞可惜，你不能在這兒多住兩天……孟德爾遜先生，你又在擠我了，似乎你的手指要插近我的背裏，你想把我壓碎嗎？

菲：呵！我向你保證，啊！小姐——

金：你好像有心事，可以告訴我嗎？

菲：是的，是的，金瑞奥小姐，自從我到了法蘭克福，自從我來這兒的一天在街上遇見你，我就很心煩，我絕望、憤怒、高興，像在天堂，也像在地獄，自從到這天讉的鎮上來，我想爆炸！可是，我並不瞭解你，所以我無法告訴你我的煩惱！

金：（低聲笑）動人，那等我們瞭解以後，再互相告訴心中的想法，好嗎？

菲：希望很快，因爲我隨時可能回柏林。

金：我知道你在你父親銀行工作，而你却是個音樂家，名作曲家，你在倫敦開過演奏會。

菲：呵！你全知道？你似乎並不覺得爲奇！

金：不，我很在意，不過，我也是個音樂家呀！我彈鋼琴，也許有一天我爲你演奏，你一定會欣賞……

菲：當然！那天我坐在樓下石凳上，聽你演奏過莫扎爾特的小步舞曲。

金：還算好嗎？

菲：沒你的這雙碧藍的眼睛金黃色的頭髮好……我寧願整天看住它們，我不想聽一分鐘你的鋼琴演奏……

舞曲止，人聲，舞曲再起，漸遠。

金：孟德爾遜先生，你想到那邊桌上喝一些香檳嗎？

菲：好的，謝謝……

金：你愛法蘭克福小鎮嗎？

菲：我不知怎麽說好，有時我非常喜歡它，比如說像現在，有時我眞希望我不會來過這個地方。

金：你眞是多情人，你拜訪過我們美麗的教堂嗎？你可知道敲響大鐘要十六個人？

非：非常有趣，可是我沒去過，而且我沒看過鎮上任何事物！

金：那你來法蘭克福這麼多天，每天都做些什麼呢？

非：坐在你們樓下路傍的石凳上，望着你的窗戶。

金：每天嗎？

非：每天，風雨無阻！

金：（低聲笑）你眞是個有情人，去跳舞嗎？

非：你似乎很喜歡跳舞！

金：我愛跳舞，這兒很難得有這種機會，很榮幸，羅柴爾特先生爲你安排的這個舞會。

非：我討厭剛才那些佔有你時間的人！

金：我不是你的專有呀！

非：金瑞奥小姐，我有許多話想告訴你！

金：別那樣靠近我，人人都在注意我們。

非：我不管，什麼時候可以再見你？

金：我看你離開以前，到我家來一趟……

非：明天可以嗎？

金：明天？太快了，星期四好嗎？

菲：星期四？還有三天呢？

金：我知道。

菲：我星期……三來看你，我求你……

金：好吧？我家的地址，你知道嗎？如果是找不到，記註樓前面有張石凳。

菲：是的，石凳，這張石凳要在我心裏生根了……

——鋼琴彈奏聲——

金：怎麽不點火？菲力，你在彈琴嗎？

菲：節省呵，我敬愛的夫人，何況，蠟燭很貴，對一個年薪四百的音樂師來說，太浪費了。

金：凱薩琳！

菲：賽西爾！來，別叫他們，讓我看看你賽爾西，你才廿歲，已有衰老的跡象了，別動，我們已被神聖的禮儀的鐵鍊所束縛，你跑不了啦，我得好好利用它。

金：就嫌我老了嗎？我應該永遠讓你坐在石凳上，媽媽說得對，到了婚後才能看淸男人。

菲：現在你的主人命令你給我一吻！

金：你說什麽？

非：你拒絕吻你的丈夫？你知道我可以使你坐牢、呵，就在鼻子上啄一下就叫吻嗎？孟德爾遜太太我有充份理由把你送回鄉下。

金：法蘭克福不是鄉下，它是個美麗的都市，它比杜賽爾夫和柏林都美，人們也善良！

非：也許，可是他們的女孩子不會接吻！試試看！

金：（低笑）。

非：這次比較好些，你需要練習，我給你開個處方，列入每天的功課之內！（笑）

金：噢，非力！這兒一切都比法蘭克福貴，你知道修理一張椅子要好多錢？四個金幣？

非：眞是强盜！

金：我爭了半天才便宜十二分。

非：那不是很好嗎？可是我們並不窮，和他們爲十二分錢爭執，不難爲情嗎？

金：卽使你不還價，商人也不會尊敬你，媽這樣說的。

非：你能不聽你媽的話嗎？

金：你又不講理，我們訂婚的時候，你經常告訴她，她給我良好的教育。

非：那是結婚以前要討丈母娘的歡心啊，可是我的太太，我不是窮人何必那麽分文計較？

金：非力，浪費是罪惡。

菲：別太固執，多花一分錢，並不浪費呀！

金：細水常流，節源開流，居家過日子，這是一個主婦應該知道的事情，如果一個主婦不在乎一分錢，他就會不在乎一個金幣，不久她會變成壞主婦，上帝會奪去她家中的福祉的。

菲：可是你何必又去修理椅子呢？我想明年我就不在這兒了，你總不願我一輩子做個鄉下指揮吧？我老師齊達寫信告訴我，他曾經替我向聲樂院董事會申請，他明年退休後，由我繼任，以後就是柏林愛樂交響樂團了，你願意做柏林交響樂團指揮夫人嗎？

金：不，我寧願有個自己幸福的家庭，孩子，丈夫，住在安靜的小鎮市。

菲：可是你在大都市也可以幸福呀！你瞧，親愛的！如果要我一輩子住在鄉下，可會要我的命的，你忘了？你嫁的是個上流的人物，應該住在上流城市和上流社會的人民來往呀！不能永遠住在這杜賽爾夫小鎮呀。

金：難道你不願意，永遠和我在一起，在小城鎮裏渡過以後許多安靜的黃昏嗎？

菲：當然，可是我也忘不了巴黎，柏林——尤其是倫敦，女皇召見過我，還有……噢！點燈吧，晚飯來點酒好嗎？

金：呵，你想喝酒？

菲：我曉得你心裏一定在想，我是在走向地獄了！

金：沒有！

菲：有的，你已經感覺到是個醉漢的妻了！我的牧師女兒！

金：酒是撒旦的工具，做牧師的女兒並不錯。

菲：你要求我的標準太高，我不是不聽你的話，你知道我爲什麼要喝酒？今天是我們結婚的九個月紀念！

金：噢，親愛的，我以爲你已經忘了！

菲：瞧！你一向對我誤解，我不但沒忘，還給你買了件小禮物，雖然牠太貴，可是我還是還了價的！

金：菲力！菲力！鑽石手鐲！你眞不應該！

菲：（玩笑地）太貴了吧？還是送回去的好！

金：我喜歡它！喜歡它！菲力，我愛你……

菲：哈，我才知道你是爲錢嫁給我的……

金：菲力，不管怎麽說，我愛你！我的丈夫，我愛你，終我之生！

——音樂——

菲：（自語）時光流逝得眞快，十年了，住在萊比錫這個小鎭上十年了，自從接受萊比錫關道斯管絃樂隊董事會的邀請，作他們的音樂院指揮到現在，十年已經過去了。

金：菲力，你的頭還痛嗎？你在想什麽？

菲：好一點了，我在想，我們到萊比錫以後的許多年月……

金：在這兒我們是幸福的，你有你的音樂院，樂隊，我有我們許多忠厚誠實的朋友們，我們的時間，並不寂寞！我還記得佛特烈，奧加斯都陛下是怎麼樣的讚美你，他告訴萊比錫的人，應該爲他們音樂院的創始人孟德爾遜博士驕傲，你記得他說什麼嗎？（揷一段幻想的音樂）

菲：唉！我記得，於是我留在萊比錫小鎭，生活像在杜賽爾夫一樣，差不多的朋友，唉！

金：你好像還想着柏林？你在這兒不幸福？

菲：幸福，親愛的，像任何人一樣幸福，但願國王陛下的誇獎，不致引起嫉妒和麻煩，我只是個指揮兼作曲教授，可是我不是萬能博士，如果像國王說的，音樂院是我的里程碑，它也屬於另一些出力的人：有人還說，國王的演詞是屬於我的手筆呢？

金：沒人那麼說。

菲：人們的嘴是不負責任的，噢！親愛的，你還記得你說爲什麼我要到萊比錫來……

金：我說，我有種奇怪的感覺，我說不出，像是種預感，似乎是上帝要我們到萊比錫來的……

菲：眞的，我想是上帝要我們到這兒來，使我可以找到那份巴哈的遺譜，你知道，約翰，賽柏斯汀，巴哈一生大部份時間住在這兒，我想應該找到其他的手稿，我經常在舊書店裏找，我甚至到聖湯瑪士教堂，巴哈曾在那兒當過合唱指揮，我去請求翻閱他的手稿，他們以爲我是瘋子，唉！他們竟從沒聽說過巴哈！

金：聖湯瑪士教堂的牧師是海根先生，他們不是有一個很好的樂隊和合唱隊嗎？

菲：以後我要演唱巴哈的馬太受難曲的時候，他們一定會幫助的，……我好像已經看見在指揮他的作品，就像前幾年，我首次演奏修拍特的未完成交響曲一樣，記得

金：別多想了，你的頭痛……

菲：賽西爾，我告訴你一項秘密——巴哈的遺譜，我在一家猪肉大的音樂與猪肉一視同仁，眞可恨呵！我的頭——

金：早晚你會被什麼巴哈的受難曲害得傷透腦筋！

（敲門聲）

聲：（老年）菲力少爺，市長大人來訪。

金：菲力，和他少談一會就休息好吧！我和孩子們到教堂去了。

菲：我聽你的話，親愛的，你去吧！（脚步聲遠）

（門開，另一脚步聲近）

慕：呵哈！你在家！

菲：當然，當然在家，請大人進來。

慕：好嗎？薩克遜的第一公民？

菲：謝謝，萊比錫的父母官大人如何？

慕：好，希望不打擾你的創作。

菲：沒有。我的創作有時枯燥無味！

慕：我實在吃不消海根牧師的說教，我叫內人告訴他我病了，不去禮拜。

菲：你來得正好，你要什麼？櫻桃酒？葡萄酒？要不來點烈性的？我也奉陪一杯！

慕：謝謝，怎麼樣？音樂院的事務如何？

菲：還算順利。

慕：你應該特別小心，小心有人會借機攻擊你。

菲：誰？我想我決心致力音樂，不會得罪人……

慕：不，你知道我們這兒的首席議員克魯格嗎？

菲：我只在開董事會的時候見到他。

慕：他是個妒忌而奸詐的小人，很危險，有時我懷疑他是瘋子！你知道，他非常富有，他的報紙會把本鎮打下地獄，他是個狂人，你知道陛下提名你繼任指揮時，他是董事會中唯一投反對票的人。

菲：我不知道，我聽說他是個反猶派。

慕：他反任何人，有次他想要議會關閉天主教護士開的醫院，另一次他要我們明令禁止所有教堂在禮拜六鳴鐘，你得小心，非力。

非：每種信仰，都有狂熱之處，我認識幾位猶太教，我以為他們一樣錯誤，像我祖母有十年拒絕見他改過教的兒子。

慕：但是你祖母只傷害了自己，克魯格會用一切機會，一切手段傷害你我，那是我最恨他的地方，他會利用你私生活中一切弱點來攻擊你……你知道，他常想用愛迦的事，來威脅我，愛迦，是我的女朋友，你聽說過吧？

非：唉！知道有人要傷害你，眞叫人不安。

慕：你必須習慣，這是做上等人的代價。

非：可是，克魯格也總不會想要指揮關道斯管絃樂隊吧！

慕：你注意點總好，非力，你是個超人，你又不是個基督徒，你又是名音樂家，設法攻擊一位有名望的人，總是比較容易的。

非：謝謝你市長，也許我不會住到他轟我走。

慕：怎麽？你想辭職？

非：是的，這一兩年內，音樂已不需要我了，人必須讓路給年青人，我才卅七歲，可是已經疲倦了，我時常頭痛，想離開，也許去意大利，也許去倫敦……所以我想請華格納來……

慕：聽說他參加政治活動，還是少惹麻煩的好。

菲：可是他是個好音樂家，能作曲，我不能不承認他有天才……

慕：克魯格一定會投反對票的。

菲：那麽蕭邦如何呢？他是個鋼琴家，如果他能來，我們的陣容就更強了……

慕：這要看董事會的決定……我是少數服從多數。

（教堂鐘聲）

慕：對不起，打擾了，我該告辭了。

菲：謝謝市長大人的拜訪，再見。

——音樂——

議事搥敲了幾下

慕：我很高興奉告各位，本年冬季可以聘請佛烈特・蕭邦先生擔任第一獨奏家，如衆所週知，蕭邦先生不但是卓越的鋼琴家，而且是極賦天才的作曲家，他與關道斯管絃樂隊合奏，將表示一新紀元……

（寥落的掌聲）

慕：自然，我們必須聘請蕭邦先生，我們請你訂合同，孟德爾遜先生你建議什麽時候？

非：十二月初旬，大人。

慕：好的，各位有意見嗎？呵，威廉・克魯格先生你有何高見？

克：（咳嗽幾聲）我不想多躭誤諸位的時間，可是在批准蕭邦先生的演奏會之前，有件事希望加以討論。

慕：請簡單點講。

克：是的，我們都同意一位社會人士應當有無瑕的行爲，是不是？如果品行低賤者給以高位，我們怎敢企望得到下層社會的服從與尊敬？

慕：（不自然的笑笑）我們了解這些話的意義，本席希望董事先生把話題納入蕭邦先生的事上。

克：是的，大人。幾年來，蕭邦先生和一位名叫喬治桑的女小說家，有過不名譽的交往，如今，董事會諸公對本市公民有道德上的責任，而我有權詢問這位藝術家配在關道斯大厦演出？

非：（不能忍耐的）什麼？你說——

克：我並非和你說話，指揮先生。

非：可是我是對你說話！克魯格先生。

（小騷動）

克：指揮先生，這是由董事會決定的事！

非：應當由大家決定，蕭邦先生是我的朋友，我不願意有人在我面前侮辱他！

克：這不是音樂的事，我請求主席禁止指揮參加討論。

慕：克魯格先生，本案有關將來關道斯大厦的音樂演奏，本席認為指揮先生可以參加。

菲：各位董事先生，有關藝術中的道德問題其發生由來已久，經常都有些自命衞道者的愚夫們，想從博物館墻壁上取下女人裸像，或是在塑像上貼上無花果葉，今日，在我們面前的提案比那些並不更蠢，它抬出作家道德與其作品的關係，假如我們荒謬的通過克魯格先生的議案，那麽只有關閉博物館，停辦交響樂團，禁讀書籍，拉飛爾的名畫聖像是由他的情婦作模特兒的，韓德爾，莫扎特，貝多芬和許多女性們有過不正當的行為，那我們停止演奏彌賽亞，唐喬伴尼或是第九交響樂嗎？難道我們因為歌德戀愛多次而焚毀他的浮士德？柏拉圖是純潔的嗎？還有成千成萬的大作家思想家，哲學家呢？藝術家可以說是聖賢，也可以說是惡棍。可以說是英雄，也可以說是懦夫！那並不影響他們的藝術地位，假設我們愚蠢的拒絕蕭邦先生，只因為道德的理由，那麽我們可曾考察過演奏團員，以及我本人的道德嗎？聽衆們又怎樣的純潔呢？

克：藝術家們喜歡鄙視道德，可是我們不該以掌聲與金錢來縱容一個生活浪漫的人，巴黎人可以原諒他，但在萊比錫我們有較高的道德水準。

菲：當然！克魯格先生會經對各城市的道德程度作過比較研究，不過我們的高道德水準無法演奏音樂，而蕭邦先生却能！

（有人低笑）

克：我請你批評蕭先生的品性！

非：我不加批評，我想指出他的私人生活無關宏旨，他是位大鋼琴家就夠了！

克：那麼你否認蕭邦和喬治桑的戀愛？

非：我不必否認或承認，也許你會告訴我們你怎麼知道的？你是否擁有秘密情報？還是臥床或鎖孔情報？

慕：非力先生……

非：一個人的私生活是屬於他自己的，沒有生活的自由，其他自由全無價值，我希望諸公同意我的看法，本人將尊重諸君的決議。

慕：我代表董事會感謝二位的交換意見，進步乃是由爭辯而產生的！我們希望蕭邦先生能以其藝術澄清私人的糾葛。我們親愛的萊比錫，今日的雅典，將有可紀念的盛會——

非：還有，市長大人，有關受難曲演出事，是否也能以最快時間討論一下？

慕：（咳嗽）那——各位董事有什麼意見？

靜默片刻

非：各位，受難曲我認為這是部曠世佳構，它可以和現在所有音樂的總合比美，世人將感激諸位的發現和協助。

聲：眞奇怪，這些年，這些樂譜一直放在肉店的閣樓上？

聲：聽說肉店老板娘柯勒太太的祖父，接受巴哈夫人的請求存在閣樓上的……

（大家交互的說奇怪）

非：我願意答覆任何質詢，我願意強調現在必須決定，那麽才可以立刻開始抄譜，假如想在春天演奏，時間已經十分緊迫。

慕：我謝謝你的熱心，指揮先生，但是董事會怕不能如此匆匆的決定，你會要求撥特別經費！預計多少錢？

非：我怕得要一大筆錢。

克：我們的經費本年已結束。

非：我知道，但這實在是非常特殊的事，時間非常重要！

（停頓）

非：如果海根牧師願意把聖湯瑪士教堂的四個合唱隊出借，則可以省許多經費，他可以給我們一百多位受過訓練的聲音，本市和附近鎮市也有幾個合唱團體，我們一定可以請他們參加演出，剩下的只是獨唱家的問題，不過不會難以解決的，本人自願擔任訓練合唱隊和排演的工作……

慕：好吧！第一步是獲得海根牧師的合作，由你和他接洽，關於詳細經費問題，以後再談；各位很累了（敲搥三下）現在散會。

（人聲，腳步聲）

非：呵！上帝幫助我！呵！我的頭疼，我的頭怎麼這麼疼？

——音樂——

根：各位親愛的兄弟姐妹們：（咳嗽）今天——請翻開你的聖經，找到新約第五章第十及十一節，請看！

「為義受逼迫的人有福了，因為天國是他們的，人若因我辱罵你們，逼迫你們，捏造各樣壞話毀謗你們，你們就有福了，應當歡喜快樂，因為你們在天上的賞賜是大的，在你們以前的先知，人也是這樣逼迫他們……」（咳嗽）

（敲門聲）

聲：海根牧師，樂隊指揮孟德爾遜先生求見。

根：呵？（咳嗽）好吧？請他進來。

（門聲，腳步聲）

非：海根牧師，希望我不會打擾您。

根：呵！實在是令人高興，能看到您的來訪，您好嗎？孟德爾遜太太身心都愉快吧？

非：謝謝，托您的福，她讓我問候您。

根：呵！好好，孩子們都好吧？

菲：他們也好。

根：很好很好。（咳嗽）

菲：海根先生，我想盡量不躭誤您的時間，我今天來拜訪，是向您請教演奏巴哈的受難曲的事……

根：好好……您想喝什麼茶？是菊花茶呢？還是來杯酒？

菲：多謝多謝，我只想若能得到您的幫助，巴哈的受難曲，一定會演唱成功的，剛才我進來的時候，彷彿聽見您在唸馬太福音……

根：是的是的，我正準備明天的證道，唉！卽使像我這麼個上帝園地中的小園丁也應該有點休息的時間……

菲：巴哈的受難曲，就是根據馬太福音，我主受難事蹟寫成的，聽說他過去，是擔任過貴教堂的合唱指揮的……

根：呵！那是一百多年前的事了，他曾擔任過聖湯瑪士教堂的合唱隊長！唉！孟德爾遜先生，你在萊比錫住了這麼多年，覺得它怎樣？唉！看吧，現在的萊比錫已失去過去的純潔，道德敗壞，酒店，飯館，戲院，座無虛設，處處可以看到罪惡的象徵，萊比錫變成了罪惡的淵藪，在歷史上從沒有如此的腐敗過！

菲：海根先生，我這次來，有一件非常簡單的小事情……

根：（繼續滔滔不絕）腐敗，罪惡在最高處抬起它醜惡的頭！在最高處，你知道嗎？我們的市長……哼！

非：海根先生，我想先把我的來意，向您報告明白，希望您能允許我說完……

根：（聲音冰冷）呵？好吧！

非：是的！我在柯勒的肉店裏，發現巴哈的樂譜，如果您允許您的四個合唱隊參加演唱這個有意義的作品，對我們的幫忙，可就感激不盡；自然，我們會設法付給相當的報酬的。

根：嗯，你再說一遍，作品的題目是什麼？

非：吾主受難曲，根據聖馬太福音所寫的。

根：嗯！我想你是打算親自指揮吧？

非：我希望我有這個能力擔任指揮。

根：打算在那裏演奏？

非：預備在關道斯大廳，不過，最合適的地方，應該是聖瑪士教堂，那是作品的出生地。

根：孟德爾遜先生，我想問你一個問題，你想由一個信仰不同的人指揮路德派的聖樂合適嗎？

非：（一楞）呵？但是，您知道這並不是宗教的問題而是音樂的問題呀！

根：這是聖——樂的問題！

非：我以爲——音樂只有兩種，好與壞……

根：我認爲，音樂只有兩種——聖與俗，聖樂是教會的一部份，我以爲一位非基督徒來干與教會的事務是不合適的，這是根據新約的作品——而新約是屬於基督教徒的！

菲：海根先生，您如果說新約是基督教徒的，那麼舊約是屬於天主教的，是屬於猶太教的，那你們怎麼敢唱我們的大衞的詩篇？你怎麼敢……

根：孟德爾遜先生，你怎麼敢向我說這種話！

菲：我們的米麗安，她造福了成千基督教堂，可曾受洗？彌蓋朗基羅有什麼權利爲我們的摩西造像？而它爲什麼被放在基督教堂裏？

根：孟德爾遜先生，我們請你到萊比錫做音樂指揮，是看在你對音樂的才華上，否則你的宗教，和民族都不會被允許……

菲：海根牧師，我覺得你可憐，痴獃！你是個愚蠢的傻瓜！

根：什麼你竟敢駡我——

根：再見！（門大聲被關上）

——音樂——

金：菲力，你怎麼可以這樣？你怎麼能駡牧師傻瓜？

菲：怎麼不可以？我說實話，不是嗎？他怎麼可以跟我這樣說話？

金：菲力，放下你的酒杯，你喝的太多了，你怎麼可以侮辱牧師？

非：要是別人侮辱我，你會怎麼想？我希望我的妻子能瞭解我。

金：你才是傻瓜！我想你現在滿意了，現在鎮上已經有兩個敵人，克魯格和海根牧師，他們決不會原諒你的！

非：哼！我不希罕，也許，基督教徒很少會原諒別人的！

金：（哭着）自從你找到那個舊樂譜，你就像發了神經病，你是想毀了我們嗎？你想怎麼樣？毀了我們大家？你想把我們趕出鎮去？

非：賽西爾，難道你一點都不瞭解我？還有我的音樂？

金：我就覺不出來，演唱巴哈的受難曲，對你有什麼重要？

非：重要，太重要了。

金：為什麼？為什麼？

非：（大聲的）因為，如果我不做，沒人會做！

金：你是傻瓜你才會拚了命的去做！

非：賽西爾！坐下！聽我說……

金：你喝醉了，我聽你說什麼？你這個醉鬼。

非：鬼？哈哈，是又怎麼樣？我醉？不是因為酒！那是因為十年的孤獨與失望！

金：你孤獨？沒有我嗎？

菲：你不瞭解我！你只曉得理家，育兒，你並沒給我友情，溫柔，愛情！

金：你怎麽說這種話！我是全心全意的愛你！

菲：你不愛我！你毀了我！

金：那你也毀了我！是什麽魔鬼差使你非這樣做不可？你現在得罪了全鎭的人，是想毀了我和孩子們！你只想音樂！音樂！你並沒想到你的家，你的妻子！

菲：聽我說！賽西爾！聽我說！

金：我不聽！我現在不要聽了！我聽够了！

菲：那你走開！走開呀！

金：你叫我走？你是討厭我了？

菲：（低聲的，痛苦的）我沒有討厭你，可是我在這個房子裏是個陌生人！賽西爾，走開吧！請讓我安靜吧！

金：呵！菲力！我是爲了你！我全心全意的愛你——

菲：原諒我！賽西爾，讓我安靜一會兒吧！

金：（傷心的）呵！菲力！我……（跑開）

非：賽西爾！賽西爾！（稍停）（突然哭出來）呵！我是孤獨的！現在我是眞正的孤獨了！我這麼孤獨……

……上帝……

——音樂——

赫曼：孟德爾遜先生！西西里亞聲樂社歡迎您！指揮先生！也歡迎您的夫人，讓我爲您介紹，這是染織廠工人漢斯，慕勒男高音，這位是釀酒工卡爾，李特，他是唱男中音，這位是瑪格達琳娜小姐，她是女高音，從前在柏林弗烈得力戲院唱過，也是我們市長女朋友的朋友……

非：謝謝你赫曼，由於你的西西里亞聲樂社各位朋友的支持，我決定把受難曲演唱出來，不怕任何惡勢力的打擊！

衆：我們願意演唱基督的音樂，不計任何報酬！

非：我們演唱受難曲，除了付出我們的時間和精力外，最重要的是要奉獻我們的心靈，獻給神，獻給最偉大的音樂家約翰，賽柏斯汀，巴哈！

衆：我們聽你指揮。

非：赫曼，他們的生活，練習樂曲時間請你負責安排，從現在起，開始抄譜，補充新的聲音，有訓練的聲音，可以減少練習的時間，經濟方面的支持除拿出我自己的，現在已經有一位猶太銀行家願意支持我們……

聲：赫曼先生，又有些外地的流浪音樂家來登記了。

菲：歡迎他們，赫曼、你在關道斯樂隊的被迫辭職，我想會得到報酬的！你去招待歌手們吧！各位也暫時去休息，我們練唱時間排好以後，即刻就開始工作。

衆：孟德爾遜先生，我們聽你的指揮！

（人聲散去）

金：菲力！我可以爲你做點事嗎？

菲：呵！賽西爾，我幾乎忘記你在這兒了，原諒我！

金：你也原諒我對你發脾氣吧，我實在因爲愛你，你的生命是聯着我的生命的，我不能看你受苦而不說話——

菲：不要解釋，我明白，賽西爾！

金：告訴我，我可以爲你們做些什麽？抄譜好嗎？我可以練習抄得很好，我可以招待他們的食住……

菲：賽西爾，你永遠是和我在一起的，不管我們遇到什麽災難，我們的孩子們怎麽辦？

金：把他們送到法藍克福，托媽媽替我們照顧……

菲：賽西爾，這將是一場「戰爭」呵！戰端既然已經開始了，就要繼續戰鬪下去的——

金：菲力！我是你的妻子，我明白。

菲：呵！賽西爾，有你在我傍邊，我覺得自己堅強多了，我不再覺得孤獨了……

金：菲力，等受難曲演出以後，就是你卅八歲的生日了，我想，我們應該有一次偉大的慶祝，不是嗎？我的音樂家丈夫？

菲：呵！賽西爾，我的小妻子，呵，我的頭，疼得厲害——

金：菲力！菲力！唉！你本應該休息的呀——

——音樂——

木槌敲擊聲

慕：各位！請靜一靜！我代表本會諸公一致的意見，認爲本年年底給我們帶來可悲的失望，孟德爾遜先生，你一定堅持你惡劣的演奏計劃。

菲：是的，市長大人！

慕：你這是反對本董事會，教會以及全體公民的意願！

克：我要阻止你，你不會成功的！

菲：克魯格先生，我也許不會成功，可是我要做下去！

克：你爲什麼不到你自已的城市去實行你偉大的計劃，我們不喜歡萊比錫有外地人！

菲：你喜歡誰呢？你喜歡你自已嗎？克魯格議員？

聲：你不能拿古曲的美麗來愚弄我們！

克：你猶太人，怎麽可以演唱我們基督的聖樂，而你用的那些歌手，工人，馬車夫，洗衣婦，甚至女伶，妓女，怎麽有資格演唱聖樂？

菲：克魯格先生，你忘了基督的十字架下面就有一個！

克：什麽？

慕：我們可以解散擔任演唱的歌手們，各單位辭退他們，他們除了演唱更需要麵包！

克：如果你堅持你的意見，你也可以辭掉闞道斯音樂指揮的職位！

菲：你們沒有辦法強迫我辭職，除非我自己願意！

慕：你怎麽敢反叛董事會？

菲：我沒有反叛任何人，我做我自己的事，而且利用我自己的餘暇！並沒用董事會一分錢，我不懂你們爲什麽阻止我做？

根：那是聖樂的問題，我們基督教的音樂，不能叫外教的人來唱演。

菲：海根牧師，你應該知道天主只有一位嗎？我要把天主的苦難唱出來，只要是他的信徒，誰都可以這樣做。

根：可是我們教會不允許！

克：孟德爾遜先生，你再堅持，我可以把你趕出萊比錫！

菲：告訴我克魯格先生，你為什麼這樣恨我？因為我是猶太人。

克：是的，因為你是猶太人中最有名的，因為你得到德國最高勳章。因為皇帝稱你薩克遜第一公民，到處都放著你的畫像，因為你建立音樂院，你的名字是種族的光榮，可是我要把你趕出去！你和所有的猶太人，我還要趕走聖約瑟區的天主教徒，我要趕走他們，因為我有錢，有權，我有手下替我做所有我命令的事。

菲：我知道，你曾經送過一封匿名信警告我！

克：我不否認，我要叫你償付你對我的侮辱！我有報紙，我有人，叫你知道我在本市是個有力量的人！

菲：我不記得侮辱過你——

克：當我提起你的朋友蕭邦的時候——

菲：竟為此，就阻止我演奏聖樂？

克：還為了你是猶太人！

菲：呵，猶太人不是神的兒子嗎？

（衆人笑聲，敲槌）

慕：孟德爾遜先生，希望你慎重考慮，否則，我將無法保障你在本市的安全，很覺抱歉！

克：指揮先生，你等着瞧吧！

（強烈的音樂）

聲：看報，看報！音樂家褻瀆神聖的消息，看報，有一批自命爲西西里亞的業餘唱手，預備演唱一首宗教的音樂來侮辱聖教的精神，指揮就是本市的名音樂家，他自己是非基督徒，看報，看指揮將要被制裁的新聞！看報。

（較強的音樂）

金：（氣促的）菲力，房東剛剛來。

菲：有事嗎？

金：是有關演唱的事——還有別的！

菲：很嚴重嗎？

金：他說根據租約的規定，我們不能招待不道德的人。

菲：那些是不道德的人？

金：他說，因爲我們的歌手裏有普通工人，有女伶……

菲：他想怎麼樣？不續租？

金：如果，我們不停止演唱，他只好不再租給我們……

菲：我們不能沒有地方練唱，如果眞到那一天，我們只好搬到赫曼的農莊上去住，在那裏可以安排更多的歌手練習，那兒不屬於萊比錫。

金：下午，房東未來之前，我曾到婦女俱樂部去，除了愛莎，別人差不多都不理我——她們看了報紙，也聽了海根牧師的演講，他們……

菲：賽西爾，你怕嗎？

金：不，俱樂部的職務我辭了，從明天起，我不再到海根牧師的教堂裏去！

菲：賽西爾！

（更強的音樂）

（玻璃窗被石擊碎的聲音）

菲：（被擊中）呵！呵！

金：菲力！怎麼啦！呵！你頭上有血——

菲：暴徒打破了窗戶，不要緊，打破了一點點！

金：菲力，按住傷，我找布爲你包起來！

衆：猶太人，滾出去，自大的猶太人滾出萊比錫（起鬨，笑聲）

菲：賽西爾，不要驚謊，當災難來臨的時候，要鎮靜，來，坐在我身邊來！

衆：滾出去！一、二、三，猶太人，滾出去！（笑聲）

金：菲力，你頭上的血……

菲：基督爲我們流的血，更要寶貴！

金：（胆怯的）菲力，我不知道，應該不應該問你一句……

菲：不要怕，賽西爾，問我吧！

金：爲什麽你一定堅持演唱受難曲呢？

菲：我再告訴你一遍！我不做，沒有人會做，基督不被釘十字架，沒有人得救，我要做眞正背負我主十字架的人，來指點那些假借了基督的名，去做壞事的人，可憐，他們犯了罪，可是他們不知道！

——音樂——

（合唱隊，樂隊，演唱時，各種準備聲音）

菲：（指揮棒敲擊譜架聲）各位，這一小節太弱，再來一次，再來一次！

——音樂——

菲：我感謝各位的合作，巴哈在天之靈，也會感謝大家，現在，請準備——開始——

馬太受難曲合唱顯現一段——

菲：（指揮棒敲擊樂譜架）各位，請聚精會神，這是我們今晚最後一次的練習，請把你們的心聲獻出來吧。

（馬太受難曲演唱會）

（掌聲，熱烈，歡呼，掌聲）

慕：孟德爾遜先生，萊比錫將以有你爲榮！我以市長老朋友的資格，獻給你這束花！

聲：我說的不錯吧！投機份子！

根：孟德爾遜先生，請原諒，我對你的誤會！

聲：僞善者！

聲：孟德爾遜先生，從各地來的聽衆，等在劇場門前，要看看你……馬丁，路德曾經說：「我不屈服我站在這兒」你勝利了！恭喜你！

衆：孟德爾遜先生……孟德爾遜先生——（一聲較一聲強大）

——音樂——

（忽然靜止）

金：（低聲，啜泣）菲力！菲力！

菲：（喃喃的）菲力，孟德爾遜，一個生在德國漢堡的人和一位德國女子結婚，曾演唱十八世紀一位無名的合唱指揮約翰，賽柏斯汀，巴哈所寫的受難曲……他在人世的任務已畢，他長眠於此——

金：（哭）菲力！菲力！

菲：我的墓誌銘，這樣寫你滿意嗎？

金：菲力！你不能離開我——

菲：親愛的，不要哭！不要怕，除了爲受難曲，我一生沒受過其他災難，你應該爲我驕傲，我現在去了，其他的音樂家會繼續的寫出他們不朽的偉大樂曲——

金：呵！菲力！菲力！

（天使的歌聲）

——劇　終——

語言文學類　PG0415

崔小萍廣播劇選集：受難曲

作　　者 / 崔小萍
責任編輯 / 林泰宏
圖文排版 / 鄭佳雯
封面設計 / 陳佩蓉

發 行 人 / 宋政坤
法律顧問 / 毛國樑　律師
印製出版 / 秀威資訊科技股份有限公司
114 台北市內湖區瑞光路 76 巷 65 號 1 樓
電話：+886-2-2796-3638　傳真：+886-2-2796-1377
http://www.showwe.com.tw
劃撥帳號 / 19563868　戶名：秀威資訊科技股份有限公司
讀者服務信箱：service@showwe.com.tw
展售門市 / 國家書店（松江門市）
104 台北市中山區松江路 209 號 1 樓
電話：+886-2-2518-0207　傳真：+886-2-2518-0778
網路訂購 / 秀威網路書店：http://www.bodbooks.tw
國家網路書店：http://www.govbooks.com.tw
圖書經銷 / 紅螞蟻圖書有限公司
114 台北市內湖區舊宗路二段 121 巷 28、32 號 4 樓
電話：+886-2-2795-3656　傳真：+886-2-2795-4100

2010 年 10 月 BOD 一版
定價：300 元

國家圖書館出版品預行編目

崔小萍廣播劇選集：受難曲 / 崔小萍著.
-- 一版. -- 臺北市 : 秀威資訊科技, 2010.10
面 ; 　公分. -- (語言文學類 ; PG0415)

BOD 版
ISBN 978-986-221-567-8(平裝)

854.7　　　　　　　　　　99015235

讀者回函卡

感謝您購買本書，為提升服務品質，請填妥以下資料，將讀者回函卡直接寄回或傳真本公司，收到您的寶貴意見後，我們會收藏記錄及檢討，謝謝！如您需要了解本公司最新出版書目、購書優惠或企劃活動，歡迎您上網查詢或下載相關資料：http:// www.showwe.com.tw

您購買的書名：______________________________

出生日期：_________年_________月_________日

學歷：□高中（含）以下　□大專　□研究所（含）以上

職業：□製造業　□金融業　□資訊業　□軍警　□傳播業　□自由業
　　　□服務業　□公務員　□教職　□學生　□家管　□其它_____

購書地點：□網路書店　□實體書店　□書展　□郵購　□贈閱　□其他

您從何得知本書的消息？

□網路書店　□實體書店　□網路搜尋　□電子報　□書訊　□雜誌
□傳播媒體　□親友推薦　□網站推薦　□部落格　□其他__________

您對本書的評價：（請填代號　1.非常滿意　2.滿意　3.尚可　4.再改進）

封面設計____　版面編排____　內容____　文／譯筆____　價格____

讀完書後您覺得：

□很有收穫　□有收穫　□收穫不多　□沒收穫

對我們的建議：______________________________

____

____

____

請貼
郵票

11466
台北市內湖區瑞光路 76 巷 65 號 1 樓

秀威資訊科技股份有限公司　　收

BOD 數位出版事業部

....

（請沿線對折寄回，謝謝！）

姓　　名：＿＿＿＿＿＿＿＿＿＿　年齡：＿＿＿＿　性別：□女　□男

郵遞區號：□□□□□

地　　址：＿＿＿＿＿＿＿＿＿＿＿＿＿＿＿＿＿＿＿＿＿＿＿＿＿＿

聯絡電話：(日) ＿＿＿＿＿＿＿＿＿＿＿＿　(夜) ＿＿＿＿＿＿＿＿＿＿＿＿

E-mail：＿＿＿＿＿＿＿＿＿＿＿＿＿＿＿＿＿＿＿＿＿＿＿＿＿＿